媚女《びじょ》駅めぐり
お坊さまの淫らな口づかい

官能ロマン

末廣　圭

JN170516

廣済堂文庫

目次

第一章　手を止めないで

　おおよそ六百平米もありそうな建物内の、正面入り口に設置されている照明がフイと消えて、松ケ崎龍平《まつがさきりゆうへい》は小さな安堵《あんど》の溜め息を吐《つ》いた。ガードマンが灯《あか》りを消したのだ。今日も無事に一日が終わったのか……、と。腕時計を見る。八時ぴったり。都会ではこれからが賑わいを迎える時間帯だというのに、『道の駅　くまの』は、夜の帳《とばり》にすっぽりと包まれていく。

　父親が創業した『道の駅　くまの』の駅長として六年目を迎える龍平だが、最近になってやっと、午後八時閉店という田舎《いなか》の生活に慣れてきた。

（さて、牛丼でも食べに行くか……）

　いつものことだが、道の駅の照明がすっかり落ちると、必ず軽い空腹感に襲われる。緊張感から開放されるからだ。

　道の駅から四キロほど離れた自宅に戻ると、母親が用意してくれる夕食にありつけるのだが、気が進まない。母親の作る食事は精進《しようじん》料理がメインで、まるで食欲がそそられない。なぜなら父親はお寺の住職でもあり、父親の寺に嫁いできて四十八年、母親はただひたすら精進料理を作る日々に追われ、肉料理の作り方をすっかり忘れてしまったからだ。

父親が住職を務めるお寺は、阿弥陀仏を信仰する浄土真宗《じょうどしんしゅう》で、和歌山県の串本町《くしもとちょう》、古座川町《こざがわちょう》、新宮市《しんぐうし》の周辺一帯に多数の門徒衆をかかえる明安寺《みょうあんじ》という古刹《こさつ》である。

いずれの日か、明安寺の住職を継ぐ運命は待っているのだが、今のところ龍平の腹のうちでは、寺の坊さまになる覚悟は、まったくできていない。若いうちから、あんな抹香臭《まっこうくさ》い仕事はできないと、半分以上、逃げ腰になっているのだ。

そのとき、

「お疲れさまでした。お先に失礼します」

いくらか潜《ひそ》めた女性の声音《こわね》が背中の後ろから聞こえて、龍平は急いで振りかえった。薄暗がりの中を足早に歩いていこうとする女性の姿に、龍平は目を凝《こ》らした。

「あっ、本橋《もとはし》さん、もうお帰りですか」

すぐに立ち去ろうとする女に向かって、龍平は声をかけた。

「はい、駅長さんもお帰りに……？」

足を止めて女性は、ちょっと恥ずかしそうに、細い指先で長い髪をすき上げた。

『道の駅　くまの』で働く人々から、龍平はさまざまな呼び方をされる。苗字を呼ぶ人、社長さん、駅長さん、若旦那さん……、中には住職さまと将来を先取りする人もいる。

四カ月ほど前まで本橋舞《まい》は龍平のことを、松ヶ崎さんと本名を呼んでいたのだが、小さな事件をきっかけにして、呼び方を駅長さんに変えた。二人の関係に確固たる境界線を作ったのである。見えない境界線を引いたのは本橋舞のほうだった……。龍平はそう認識している。

道の駅内で毎日にように顔を合わせているのだが、とても気まずい。一日でも早く境界線を取っ払ってしまいたいと考えているのだが、なかなかチャンスが巡《めぐ》ってこないのだった。

だから龍平は、断られることを覚悟して、彼女の後ろ姿に、再度、声をかけた。

「時間があったら、お茶でも飲んでいきませんか」

と。

「よろしいんですか」

いくらかおびえたような声が返ってきて、龍平はにわかに昂《たか》ぶった。お茶くらいだったら、ご一緒してもよろしいんですよ……、という返事に聞こえたからだ。龍平の脳味噌はあわただしく回転した。ともかく牛丼の夕食は後まわしにして、駅前にある喫茶店に彼女を誘うか、それとも道の駅の一角に造った駅長室に誘いこんでインスタント・コーヒーを振る舞うか、どちらをチョイスするかを決めるために。

数秒で龍平の行動は決まった。

他人の目のある喫茶店では、こみいった話をするわけにもいかない。

「ぼくの部屋にいらっしゃいませんか。わりと美味《うま》いドリップ・コーヒーがあるんですが」

「嬉しい……。ご馳走していただけるのね」

本橋舞の足はすぐに駅長室に向いた。彼女のしぐさを目にしていると、あの日の出来事をさほど気にしていないようだなと、龍平は自分勝手に判断した。

駅長室は道の駅の一番奥まった一角に、龍平は設《しつら》えていた。畳にすると二十畳弱のスペースで、かなり贅沢なソファーセットが接客用に配置され、駅長用のデスクは父親が大型のマホガニーを据えてくれた。室内を見わたすと、一流企業の重役室に負けない重々しさを備えている。

駅長室に一歩入るなり、本橋舞はまぶしそうにあたりを見まわした。この部屋にこの女性を招《しょう》じるのは初めてだった。

壁際のキャビネットの上には、爛漫《らんまん》と咲き誇るコチョウランが二鉢並べられていて、甘い香りを放っているし、部屋の四隅に立てられた足の長いスタンドからはオレンジ色の柔らかい明かりが射している。

「素敵なお部屋……」

本橋舞はボーッとした声で短く言った。

「わりと雰囲気がいいでしょう。ときどき、ぼくは一人でこの部屋で寝るんですよ。家に帰ると抹香臭くて……。あの臭いはいつまでたっても、好きになれませんね」

龍平が一週間に二度、三度とこの部屋に寝泊りすることはほんとうのことで、大型のソファはベッドになるから、一杯呑んだあとは熟睡を約束してくれる。

適当なことを口にしながら龍平は部屋の片隅に置いてあるテーブルにコーヒーカップをふたつ並べ、ドリップ・コーヒーにお湯を注ぐ。が、視線の先はいつまでも部屋の真ん中に立ちつくす、楚々《そそ》とした彼女の容姿から離れていかない。

年齢は確か、三十歳ちょうどであった。

彼女は二年半ほど前、奈良県の旧家から、本宮大社《ほんぐうたいしゃ》前で七十年近く暖簾《のれん》を守っている和菓子店『珍味庵《ちんみあん》』に嫁いできた。『珍味庵』の若社長は本橋雄二《ゆうじ》と言い、三十八歳になる。実を言えば、龍平と本橋雄二は地元の高校の同級生で、非常に仲がよかった。

高校時代、二人は俳句同好会に入会していた。

ジジ臭い趣味だと嗤《わら》われたものだが、二人はまったく意に介《かい》していなかった。なぜなら、龍平はその一方で剣道部に属し、本橋雄二は野球部で汗を流し、文武両道で鍛えているという自負があったからだ。

高校時代からの親友であった本橋雄二が奈良県から嫁をもらうと聞いたとき、龍平はいささかびっくりした。わざわざ奈良県の女と結婚することもなかろう、と。理由は簡単だった。本橋は高校時代から、なかなかのイケメンで、女子学生の間でも人気があったし、卒業後も艶《つや》めいた噂は何度も耳にした。

だが奈良県から嫁いできた新妻の姿を目にして、龍平はたまげた。最近では人気稼業の最先端を走るテレビの女子アナにも引けを取らないほどの美人さんで、その面立《おもだ》ちと振る舞いは才知に長《た》けて見えたのだ。

友人の祝い事ながら龍平は、大いなるジェラシーを感じたのである。自分は急いで嫁をもらうことはない。その上、近い将来、自分は明安寺の住職になるのだから、当然、嫁に来てくれる女性は明安寺の坊守《ぼうもり》になる運命が待ち受けている。坊守とは住職の奥さんを指し、住職とともに寺を守る立場に立たされ、自由を束縛される運命が待っているのだ。

恋人風の女性は何人かいたが、いざ結婚の話になると、彼女たちはさっさと姿を消した。坊守になる勇気はなかったらしい。それだけになおさらのこと、超美系の女性を娶《めと》った親友に、密《ひそ》かな嫉妬心をいだいていたのである。

「雄二は元気にやっていますか」

ふたつのコーヒーカップをトレイに載せて、龍平はさりげなく問うた。

「はい。龍平のやっている道の駅だったら、私を一人で働かせておいても安心できる。そのうち陣中見舞いに行くから、伝えておいてくれと、笑いながら申しておりました」

彼女の言葉を耳にして、龍平は腹の内でペロッと舌を出した。

本橋雄二が新婚の奥さんと連れ立って『道の駅　くまの』を訪ねてきたのは、去年の春だった。紀伊半島にも桜の便りが届きはじめたころである。そのとき二人は道の駅に、珍味庵の和菓子を売る店舗《てんぽ》を出させてくれないかと頼んできたのである。

雄二が一人で来たのだったら、しばらく考えたかもしれないが、真横に座る新妻の、美麗なる容姿を目にして、龍平は即座に承諾した。出店する店の差配は妻に任せようと思っている……、という雄二の言葉にも後押しされた。

ということは、これから毎日、甘味処《どころ》の店番は奥さんの仕事になり、日々、彼女と顔を合わすことができるという恩恵を授かることになるからだ。道の駅で働く多くの女性は初老おばさんで、花一輪になることは間違いない……。龍平の鼻の下はかなり長くなった。

半月ほどの準備期間があってのち、珍味庵の出店が完成した。和菓子の小売りと同時に、店内に四つのテーブルを置いて、菓子と日本茶を食べさせるスペースを作った。

『道の駅　くまの』は地産地消を商売の鉄則としていたのだが、いつの日か、熊野古道を訪れる観光客にも認められるようになり、日曜、祭日は満員盛況の賑わいを見せるようになった。

そうした中で、珍味庵の和菓子店も人気を集めた。

新妻の気配りの利いた接客態度が、人気を加速させた。その当時、龍平は己《おのれ》に強く言いきかせた。この女性を兄妹の目で優しく見守ってやれ。見知らぬ土地で、骨身を惜しまず働く女性である。卑《いや》しき目で見てはならぬ、と。

去年の暮れ『道の駅　くまの』は龍平が音頭を取って、忘年会を催した。参加者は三十数名。駅前の居酒屋を借りきった。営業成績が好調だったこともあって、会は盛大に推移した。もちろん本橋舞も参加した。

宴《うたげ》も終わりに近づいたころ……。

龍平は酔いを醒《さ》ますつもりで店の外に出た。真冬の月明かりが、あたりを煌々《こうこう》と照らし出していた。そのとき、居酒屋の陰に一人の女性が佇《たたず》んでいることに、龍平は気づいた。月明かりを浴びながら、夜空を見あげていたのは本橋舞であった。悪酔いでもしたのか……？　心配して龍平は彼女の真横に足を運んだ。

「どうかしましたか？」

脅かしてはならないと、声を沈めて龍平を尋ねた。

ハッとしたように振り向いてきた彼女はいきなり、足元をよろつかせながら、龍平の胸板にドドッと倒れこんできたのだ。咄嗟《とっさ》に龍平は抱きとめた。一七十八センチある龍平に比べ、彼女の背丈は百五十数センチで、彼女の全身が龍平の両腕にスッポリ埋まってきたのだった。

(慣れない仕事で疲れていたのか……)

それとも夫婦生活になんらかの亀裂が生じていたのか、原因ははっきりしなかったが、数分の時間にわたって彼女は龍平の胸元に埋もれたまま、動かなくなってしまった。

悩める妹を優しく慰《なぐさ》めるつもりで、龍平は彼女の背中を撫でてやった。彼女の生温かい息遣《いきづか》いがだんだん荒くなってきて、着ていたセーターの網目をとおして地肌に吹きかかってきた。実の兄妹の気分は次第に薄れていった。彼女の背中を撫でていた龍平の手のひらは、徐々に下降し始めた。

いつの間にか臀部《でんぶ》の丸みを覆っていた。

龍平の手は小ぶりながら弾力のある彼女のお臀《しり》を、揉みまわした。正常な男の欲望である。あーっ、松ヶ崎さん……。小声を漏らした彼女の下半身が、クネクネとうごめいたのだった。

自然の成りゆきだった。

龍平の右手は彼女の臀部を撫で、そして左手の指で彼女の顎を支えた。抵抗は感じられなかった。彼女の顔が上を向いてきた。時間をおかず二人の唇はそろりと重なった。

唇の接触が、お互いに舌を求めた。

やや薄く感じた彼女の舌を絡めとったとき、龍平の欲望は激しく変化した。強い欲望は瞬時をおかず股間に熱気を送りこみ、肉幹《にくみき》をビクビクと勃起させていった。

本橋舞は股間を迫《せ》り出してきた。

「あっ、あの、あーっ……」

意外な反応に龍平は意を強くした。男の我欲は、親友の連れ添いであっても、制御が効かなくなっていた。彼女の舌を強く吸いとり、唾液《だえき》を飲みほした。甘い唾《つば》だと感じたとき、男の肉幹はさらに芯を強くし、膨張した。

彼女の臀部を撫でまわしながら、龍平は股間を押しつけた。

激しくいきり勃《た》つ肉幹が、彼女の股間に食いこんでいくほどの勢いだ。

龍平の手は止まらなくなった。臀部を撫でていた指は、かなり乱暴な動きになって、スカートをたくし上げていた。スカートの上からではもどかしい、と。

龍平の手はあわただしくめくり上げたスカートの内側に差しこまれた。

ハッとした。指先に当たってきたのは、少し汗ばんだ生肌だったからだ。パンストは着用していなかった。

「あっ、手を……、手を止め……、ください……」

舌の絡まりをほどいた本橋舞は、消え入りそうな声で訴えた。

昂ぶりの局地まで一気にのぼっていった龍平の気持ちは、彼女のひと声に鎮火した。おれはなにをしているのだ、と。龍平の耳には手を止めてください……、と聞こえたのだった。

「ごめん。悪かった」

すぐさま謝って龍平は手を引いた。

バツの悪い出来事だった。どれほど酔っていても、親友の奥さんに対してやっていいことではない。そして二人はそそくさとその場を離れた。以来、彼女は龍平のことを駅長さんと呼ぶようになり、龍平はできるだけ彼女と顔を合わせないように努力していた。

彼女のひと言がなかったら、二人は取りかえしのつかない関係に陥っていたかもしれない、と……。

一週間に二度、三度と龍平のベッド代わりになるソファを見つめながら、本橋舞は落ちつきのない表情を隠さない。それもそうだろう。面と向かって話したのは四カ月ぶりのことだったし、その上、二人は人気《ひとけ》のない駅長室にいるのだった。

彼女の気持ちから緊張感が抜けていかないのは当然である。

いや、ひょっとしたら去年の忘年会のことが、急によみがえってきたとも考えられる。恐怖心が先走っても不思議ではない。

それでも龍平はできるだけ平常心を装ってソファに腰を下ろし、座ることを勧めた。彼女はおおよそ一メートルの間隔をおいて、座った。そのときになって龍平はやっと彼女の装いをゆっくり見つめた。

春らしいボーダーのシャツに、クリーム色のスカートはミニ丈《たけ》で、しなやかな下肢を小気味よく伸ばしていた。店で働いているときは頭の後ろに丸くまとめている黒髪が、柔らかそうに流れていて、ほとんどノーメイクの面立ちが清楚《せいそ》に映っていた。

なにから話していいのかもわからず、龍平はコーヒーを飲んだ。

釣られたように彼女もカップを手にして、うつむいた。やはり、とても気まずい。

「ほんとうは、わたし、バツイチなんです」

「えっ、バツイチ……？」

突然、彼女の口から出てきたひと言に、龍平は危うく手にしていたカップを落としそうになった。ウソだろう！　雄二と別れたなんて、信じられない！　龍平はトンチンカンに解釈した。あまりにも唐突なコメントであったからだ。

彼女はクスンと笑った。

「雄二さんとじゃないですよ。雄二さんと結婚する前、一度、失敗したんです」

龍平の腹の中を察したように、彼女は注釈を付けた。

「びっくりしましたよ。あまり脅かさないでください」

「雄二さんとお会いする前……、そう、二年ほど前、前の夫と離婚しました。どちらが悪いということではなく、とても曖昧《あいまい》な言い方ですけれど、二人の呼吸が合わなかったというのか」

「結婚生活は長かったんですか」

「三年ほどでした。でもその後、どうしても気分が晴れなくて、わたし、一人で熊野古道《くまのこどう》に何度か参りました。そのとき、本宮大社の前でお店を開いていらっしゃった珍味庵に、たまたま入って……。わたし、お酒も好きなんですが、甘いものもいただく欲張りだったんです」

「なるほど。そこで雄二と出会った、ということですか」

「はい。そうしたら雄二さんはわたしに携帯番号を教えろ、と。優しい方でしたし、バツイチの寂しさも手伝って、教えてあげました。そうしましたら、毎日……、いえ、一日に三度も四度もメールが入って、とうとう奈良までいらっしゃったこともありました」

「へーっ、そうでしたか。雄二の一目惚《ひとめぼ》れだったようですね。雄二のしつこさに陥落した……」

「バツイチの上に、間もなく三十路《みそじ》になってしまう女ですから、この男性ともう一度人生をやり直してみようと考えました」

「今のところ、うまくいっているんでしょう」

去年の暮れの勇み足を無視して、龍平は核心をついた。

急に彼女の目元に、寂しそうな笑みが浮いた。

（あんまりうまくいっていないのかな……）

そう考えたくなるような、虚《うつ》ろな表情に見えた。

去年の暮れの忘年会の出来事が、鮮明に思い出された。夫婦関係が円満に回転していたら、あれほど唐突に男の胸元にしがみ付いてくることはあるまい。ましてや二人は、甘い接吻を交わした。舌が絡みあったのだ。甘い唾だと感じた。スカート越しではあったが、お臀の実りようにもふれたのだ。

酒の上の過《あやま》ちだけとは言いがたい。少なくとも唇は許してきたのだから、それなりの好意があってのことだったのだろう。

「雄二さんはとても優しい男性ですが、あの……、ものすごく嫉妬深い人で、一日のお仕事が終わってお家《うち》に帰ると、必ずわたしの軀を……、あの、隅々まで点検するんです」

「えっ、点検……？」

「はい。お洋服は全部脱がされて。それから、携帯電話の通話記録などもすべてチェックされています」

「それはかなりきつい調べですね。深入りするようですが、あなたの軀の隅々まで点検するにしても、たとえばどんなふうに、でしょうか」

同情しながらも、龍平の頭のどこかでは、裸に剝《む》かれていく彼女の姿がはっきり描かれたのだ。気の毒である。どれほどの恋女房だとしても、毎日、全裸に剝いて総点検するのはいかがなものか、と。だが、第三者として想像すると、非常に艶っぽい。

全裸にさせられる本人が、目の前にいる。具体性に富んでいるのだ。

口にしてしまって、かなり意地悪な質問であったかと反省した。

「それは、あの……、わたしの軀のどこかに、その……、たとえばキスマークが残っていないか、とか。雄二さんは真面目な顔をして言っていました。舞の軀はとてもセクシーだから、相手をした男が昂奮のあまり、舞の肌を引っかいたりすることもある……、なんて」

ふーん、本橋雄二はそんな情けない男だったのかと、いささか哀れになった。狭い町である。美麗なる奥さんがほかの男とホテルなどに入ったら、すぐさまバレて噂が広がるのに。

「しかし、あなたの衣類を全部脱がせることもないでしょうに」

「わたしも、そう思います。でも、あの人はわたしを裸にして、股を開かせたりするんですよ」

「ええっ、太腿《ふともも》を！」

「はい。ほんとうに恥ずかしい恰好になってしまいます」

「やりすぎですね」

だが……、龍平はふと考えた。彼にはそうした、ある種、サディスティックな趣味があったのではないか、と。凌辱的な姿を取らせることによって、昂奮を呼

びさます。あり得ない話ではない。ほんの一瞬想像しただけで龍平は、股間に熱風の奔《はし》る刺激を感じた

「去年の忘年会のとき、わたし、いろいろ考えていました。しばらくお暇《ひま》をいただいて、奈良の実家に帰ろうか、と。とても辛かったのです。毎日の生活に疲れていました。雄二さんはわたしのことを信用してくださらないのですから」

「そうでしょうね。雄二のやっていることは、やりすぎでしょう」

「夜空を見あげながら、どうしようかと考えていました。そのとき、あの……、駅長さんが……、いえ、松ヶ崎さんに声をかけられて、自分の感情が抑えられなくなって、それで、あの、すがり付いてしまったのです。自分の考えがまとまらないで、ほんとうに悩んでいましたから。どなたかに助けてもらいたいと、そう思っていたところでした」

おれはアホな男だったと、きつく叱った。

傷心の人妻が、月明かりを仰《あお》いで途方に暮れていたのだ。そんな哀れな女心を察することもなく、強く抱きしめ、接吻して、お臀をさわりまくった。挙句の果てに彼女のスカートをめくり上げ、生の太腿を撫でようとした。手を止めてくださいと、叱責されるのは当たり前ではないか。

「思慮が足りなかったんですね、ぼくは……。アルコールの勢いもあったと思いますが、心ない所業《しょぎょう》に出たこと、今、改めてお詫びします」

龍平は正直な気持ちを伝えた。

えっ！　ビクッとして思わず、龍平は身構えた。お詫びの言葉が終わらないうちに、本橋舞の腰がスカートの裾をよじって、ズルリと接近してきたからだ。

「お詫びをしてくださいなんて、申しておりません」

彼女の声はかすれていた。

小鼻をピクピク震わせてもいる。

「しかし、その……、あの日の夜、ぼくはいい気になって本橋さんのスカートをめくり上げてしまった。三十八歳にもなって恥ずかしい話なんですが、あなたの甘い唾を味わっているうち、我慢できなくなって……。男の本能を止めることができなくなったんですね」

「わたし、泣きたくなりました。わたしは魅力のない女になってしまったのか、と。だって、松ヶ崎さんの手は、急に止まってしまって、それから逃げるように、わたしの軀から離れていかれたんですよ」

ちょっと話が違うぞ……。

龍平は必死にあの夜のことを、脳裏に再生させた。

スカートをめくって中に手を差し入れようとしたとき、彼女は消え入るような震え声で言った。手を止めてください……、と。聞き間違いではなかったはずだ。

「しかし、手を止めてくださいと、本橋さんは言ったんですよ」

キョトンとした目つきで睨《にら》まれた。

しかも彼女のお臀はさらににじり寄ってきた。

ソファの端《はし》をつかむ彼女の手の甲に、細い血管が浮きあがった。

「誰がそんなことを言ったのですか、手を止めてください……、なんて」

「本橋さんですよ。ぼくは急に恥ずかしくなってしまいました。いい気になって親友の奥さんになにをしようとしたのだ、と」

「いえ、わたし、そんなこと、申しておりません。あのとき、わたしが申したことは、あの、手を……、止めないでください、と。そうお願いしたのです」

「ええっ、手を止めないで、と？」

「はい。松ヶ崎さんに優しく抱きとめていただいたら、主人とちゃんとお話をしてしばらく実家に帰る決心が付くと思ったからです。自分の気持ちが整理できると思っていましたから」

しまった！　彼女の本心を聞いて龍平は密かに臍《ほぞ》を噛んだ。

「ぼくは一人で昂奮して、いい気になって、あなたの素肌にふれたくなった。あなたが道の駅に店を構えてから、ずっと自分の気持ちを抑えていたものですから、突然、訪れたチャンスに舞いあがってしまった自分を恥じていたのです」

さらにじわりと、彼女のお臀がすり寄ってきた。

一メートルもあった二人の隙間がいつの間にか二十センチほどに接近していたのである。荒い息遣いが伝わってくるし、白と黒のボーダーシャツの胸元が、大きく揺らぐのだった。

「あの、今でも松ヶ崎さんの……、いえ、龍平さんのお気持ちに変わりはないんですか。わたしの素肌をさわってみたいという」

なんと答えればいいのだと、龍平は迷った。

彼女への熱い想いは、日々、蓄積されていた。が、友人の奥さんだった。自分の気持ちを必死に殺した。去年の忘年会で小爆発した。が、己の気持ちを必死に立てなおした。バカな真似は二度とやるな、と。

しかしこうして面と向かって話をしていると、熱い想いが勝手に再燃してくる。言葉で返事をするのはむずかしい。口下手《くちべた》のほうである。

二人の間隔が二十センチに縮まっていたことが、龍平の行動をポジティブにした。膝の上で硬く握られている彼女の手を、咄嗟にギュッとつかまえ、引きよせた。

「ああっ……！」

小声があがったのと、彼女の上体がよろりと傾《かし》いできたのがほぼ同時だった。片手を伸ばして龍平は彼女の肩を抱きよせた。

「ぼくの性格は、わりと図太いんです。しかし、自分は間違ったことをやってしまったという悔悟《かいご》が、あの夜以来、ぼくの行動をネガティブにさせていました」

「あのことがあってから、ずっと、龍平さんの視線はわたしを冷たく見ておられました」

「懸命に素知らぬ顔をしていたんです。あの女性は友人の奥さんだ、二度と間違ったことをやるな、と。ぼくはこれでも近い将来、坊さまになる運命が待っているのですから、破廉恥なことをやってはならないと、己を戒《いまし》めながら、です」

「今日だけ……、いえ、今の時間だけ、戒めを解《と》いていただけませんか。まだ、このあたりでは、親しくお話できる方がいません。わたしのことをほんとうに心配してお話に乗ってくださるのは、駅長さん……、いえ、龍平さんだけなんです」

さめざめと訴えた彼女の顔が、ゆらりと胸元に埋もれてきたのだった。とても小さな頭に感じた。首筋を撫でてきた黒髪はとても柔らかい。

四カ月前のあの出来事の再現である。

しかも今は、駅長室という密室にいる。邪魔をする人間は誰もいない。

彼女の肩を抱いていた手に、自然と力がこもった。余計な注釈をつけることはなにひとつない。そう考えたとき、龍平のもう一方の手は、彼女の顎に掛かって、静かに持ち上げた。至近距離で二人の視線がぶつかった。彼女の嬉しそうな微笑みを浮かべる瞳に、わずかな潤みを浮かせていた。

「あなたのことを愛しています……、そんなことは言えませんが、力いっぱい抱きしめて、熱い抱擁を交わし、もう一度甘い唾を飲んでみたい……、今、ぼくはそう願っているんです」

「あーっ、はい。龍平さんのお好きになさってください。でも、手を止めたらいやですよ。わたしの軀は、ああん、あなたの手を待っているのですもの」

切れ切れの言葉を吐いた彼女の瞼がひっそりと閉じた。

接吻を受け入れる体勢を整えたのである。

ドキンとした衝撃を受けた。接吻を受けようとする唇より、すっかりめくれてしまったクリーム色のスカートの裾から、すらりと伸び出た太腿の丸みを目にして、だ。

太くもなく細くもなく。

ベージュのストッキングに包まれた肉づきが、やたらと悩ましく映ってきた。我慢できない欲望が、全身をカッカとたぎらせた。龍平は彼女の顔の真上から覆いかぶさって、唇をすり寄せた。忘年会のときは気づかなかったが、その弾力のある唇の感触が、龍平の気分をさらに駆りたてた。

舌を埋めこんだ。

彼女の両手が、ヒシッと首筋に巻きついてきて、二人の舌は強く粘りあった。甘い味のする唾液に変わりはない。いや、さらに濃厚な味になったようだ。唇を離さないで龍平は右手の指先を、剝き出しになった太腿に這わせた。

「あーっ……」

小声を漏らした彼女の太腿が、キュッと閉じあわされた。

ストッキングに包まれた太腿の感触は少しざらついているけれど、内側の肉が弾《はず》んでくる。撫でまわす。スカートの内側に潜らせ、内腿にすべり込ませる。柔らかい。

が、龍平の脳裏に、一瞬のためらいが奔った。

親友の奥さんに、こんなことをやっていいものか、どうか……。手の動きが鈍くなっていく。やっぱりやめたほうがよさそうだ、と。

「あん、手を止めないで。逃げないで」

舌の絡《から》まりをほどいて本橋舞は、喘ぎながら言った。

長い睫毛《まつげ》をピクピク震わせながら。

「これから先に進んだら、ぼくの手は、もう止まらなくなりますよ」

「止めないで……。もっと上まで……」

なにかを言いたそうに唇を動かしたが、彼女の言葉はそこで止まった。

ここまで聞いても、彼女の真意がもうひとつ、はっきりつかめない。浮気をすることによって、本橋雄二との生活に終止符を打とうとしているのか……、それとも、日ごろの無残な仕打ちに抵抗しようとしているのか。ないしは単純な不倫に耽《ふけ》って、鬱憤を晴らそうとしているのか？

「ストッキングの上からでは、お互いに刺激が弱いと思いませんか」

思いきって龍平は問うた。

四カ月前のあの夜、この女性はパンストを穿いていなかった。太腿の途中で、ストッキングはプッツリと切れていたのだ。その生肌の感触はまだ、かすかではあるが指先に残っている。

「脱がせてくださるんでしょう」

彼女の言葉にためらいはなかった。いや、脱がせてくださいと、催促しているようにも聞こえたのだ。

二人の関係が、新しい展開に一歩進んでいくことになる。『道の駅　くまの』では、ある種、大家《おおや》と店子《たなこ》の関係にあったが、その一線がガラガラと音を立てて崩れていくことになる。

その上、親友を裏切ることにもなる。

しかし、常識的な大人のためらいより、男の欲望のほうがはるかに力強い。

黙っていたら雄二に知られるはずもないし、大家と店子の一線を超えることによって、この麗《うるわ》しい女性のストレスが少しでも解消できたら、幸いではないか、と。

龍平はソファからすべり下りた。

彼女の膝の前ににじり寄って、膝立ちになった。

「ストッキングの下に、あなたはどんなパンツを穿いているか、この目でしっかり見せてもらう愉《たの》しみを与えてくれますか」

一人の悩ましい人妻のストッキングを脱がせる口上としては、やたらしゃちこばっていた。緊張感がなかなかほぐれてくれないのだ。

「ああん、わたしはどうすれば……？」

「両方の踵《かかと》をソファの端に乗せてください」

「えっ、足の踵を、ですか」

「はい。そうしていただくと、ストッキングが脱がせやすくなるでしょう」

「あん、それは困ります。こんなことになるとは思ってもいませんでしたから、わたし、あの、普段着のショーツを穿いています。龍平さんにお見せできるようなショーツじゃありません」

「ますます興味が湧いてきました。普段、奥さんがどんなパンツを穿いているのか……。奥さんには派手派手しいTバックなんか似合わない」

「おばさんパンツでも我慢してくださるんですね」

「我慢もなにも……、ぼくはそのおばさんパンツに顔を埋めて、あなたの芳《かぐわ》しい体臭を嗅ぎまくって、それから舐めまわしたくなりました」

二人の言葉のやりとりが、大人の男女の気分を駆りたてていく。

ほんとうに笑ったらいやですよ……。ひと言漏らした彼女の両足が、ひょいと持ちあがり、ソファの端に踵が乗っかったのだ。クリーム色のミニスカートが、スルスルと太腿をすべった。彼女の指があわてふためいて裾をつかんだ。乙女《おとめ》めいたしぐさが、たまらなく色っぽい。

「あん、そんなに近づかないでください。龍平さんの息が当たってくるのです」

立てた膝を懸命に閉じあわせ、人妻はくすぐったそうな声をあげた。

「ぼくの呼吸が当たるって、どこにですか」

「いやーん、そんなに虐《いじ》めないでください。そんなこと、わかるでしょう」

「いや、それが、全然……」

「腿の裏側に、です。そこって、ものすごく感じるところなんですよ」

「気持ちよく……？」

「おわかりになっていることを、しつっこくお聞きになるなんて、龍平さんたら、お坊さまなのに、猥《いや》らしい方……」

「坊さんだって、奥さんほど美しい女性の腿の奥を見せられたら、スケベになりますよ。ぼくは天下一品のエロ坊主になりかけています。さあ、だから、ストッキングを脱ぎましょうか。臭いを嗅ぐ場所は、ストッキングを脱いでもらってから決めます」

いつまでも問答をつづけることはない。

龍平は両手を伸ばした。緊急事態に立ちいたったとき、ノロマはいけない。行動は素早く、だ。伸ばした指先をスカートの奥に向かわせ、かなり強引にパンストのゴムに指を掛け、スルリとずり下げた。

(うーん、積極的である)

龍平は感心した。奥さんは自らの意思でお臀をほんの少し浮かせ、脱がされることに協力してきたのだ。

「もっと腿を開いてください。せっかくのパンツが太腿の肉に押しつぶされて、よく見えないんです」

片方の足首からストッキングを抜いたとき、龍平はさりげなく言った。

腿の奥からチラチラ覗いてくる薄布は、ホワイトである。中心点はムッチリと膨らんでいるようだ。外見からでも、肉厚の形状は充分想像できる。

「ねっ、ねっ、お股を開いたら、ほんとうに、あの……、臭いを嗅いだり、それから、舐め舐めなさるんですか」

「その付近にキスマークでもあったら、ぼくはますます昂奮して、白い布をズルリと横にずらしますよ」

「えっ、横に……？」

「そうです。そうすると奥さんのヘアが剝き出しになるでしょう。ぼくの想像では、奥さんのアソコの黒い毛はかなり多いほうで、やや赤茶に色づいた猥らしい肉を、スッポリ囲っているのではないかと……、今、妄想を逞《たくま》しくしているところです」

「あん、龍平さんは、ヘアの濃い女はお嫌いみたい」

「とんでもない。大好きですよ、濃いヘアは……。ぼくの舌は奥さんの猥らしい肉汁の味を求めて、ヘアを搔き分けていくのです。そうすると、トロリとした粘りを味わうことになるんじゃないでしょうか」

もう、エッチ！　ひと声発した奥さんの背中が、どさりとソファにもたれかかった。後頭部を預ける。ほーっ！　龍平は見とれた。剝き出しになった奥さんの膝が、徐々に左右に割れていき、ぽってりとした内腿の肉づきが、オレンジ色の採光を受けて、テラテラと照り輝いたのだった。

美しい。悩ましい。しかも猥らしい。三拍子揃った内腿の奥底をピッチリ閉じこめる白い布がほぼ開かれた。

龍平は顔を差しこんだ。

ムッとする生温かさに顔面が包まれていく。うーん、豊潤なり！　ほんのわずかに汗っぽい匂いが、男の欲望をさらにたぎらせてくる。さらに顔を寄せる。白い布の盛りあがりは、二枚の肉畝《にくうね》……、すなわち、大陰唇の悩ましい実りようを、辛うじて隠しているのだ。

ややっ！　腹の底でつぶやいて、亮平は目を凝らした。

白い布の表面にポツンと尖る突起が浮き出ていて、その下側にほんのわずかなシミが滲んでいることを発見したのだ。小さな突起は、勃起を開始したクリトリスで、細長いシミは、膣奥から滲み出てきたバルトリン氏腺液に違いない。

言いかえるなら、女の先漏れ……。

(昂ぶりの証《あかし》じゃないか)

龍平は確信した。

局部をさらす羞恥心が、女陰をうごめかせている。

「舞さん、ちょっと失礼しますよ」

ひと言断って龍平は、人差し指の腹で突起の先端を柔らかくこねた。

「くーっ……」

悶え声をあげたのと同時に、人妻の股間がぐぐっと跳ねあがった。内腿のヤワ肉をビクビクッと震わせて。感度は至って良好！　突起を数回押しこねた指先を、白い布を薄いグレーに変色させているシミに移動させる。

これは、これは！　粘り気は生温かい。指の腹にペトリと粘ついてくる。

ふたたび人妻の腰が激しく突きあがった。

「少し、濡れているようです」

声を低くして龍平は言った。

「いけませんか。素敵な男性に熱いキスをされて、こんなにお股を広げたら、わたしだって……、ああん、昂奮します。濡れてきたのは、あなたの責任ですからね」

「どうしましょうか」

「今になって、男性がそんなことをおっしゃってはいけません。わたしはもう、逃げることも、隠れることもできないのですから」

それにしても卑猥な……。三センチ弱しかないパンツの底布の両側から、何本かの縮れ毛がはみ出している上に、白い布を盛りあげる内側の肉が、モゴモゴとうごめいているのだ。

思いきって龍平は鼻先をすり寄せた。

粘り気のあるシミが、鼻の頭にこすれた。

「あっ、ねっ、臭いでしょう……。シャワーも浴びていないのに、そんなところにお顔を寄せていらっしゃったら、汚れてしまいます」

口先では拒みの言葉を吐きつづけているのに、人妻はさらに両腿を開き、股間を押しつけてくる。白い布を尖らせる肉の突起が、鼻先でピクンと跳ねた。

(焦ってはいけない)

龍平は自制した。

ブリーフの内側で、男の肉幹はビクンビクンと躍動し、男の昂奮を最大限に表現しているのだが、奥さんのパンツを脱がせるのは、もう少しあとだと、自分に言いきかせた。焦《じ》らせることによって、女の昂ぶりがさらに激化するだろうと、予想して、だ。

案の定、人妻のお臀が、ズルリとソファをすべって、前に突き出てきたのである。あーっ、なんと淫猥な！　わたしのそこを、もっと虐めてくださいと、恥じらいもなく要求している姿勢なのだ。

「あん、早く……」

奥さんは意味不明の喘ぎ声を漏らした。

「早くとは、どういうことですか」

龍平はとぼけた。

「いやーん、龍平さんはさっきおっしゃったでしょう。ショーツを横にずらして、それから、あの……、わたしのお肉を舐めてくださる、と」

「ずいぶん気ぜわしいんですね。時間はたっぷりあるんです。奥さんほど美しい女性のオ、マン、コを拝見するのですから、時間をかけて拝ませていただきたいと思っているんです」

「嫌。オ、マ、ン、コ……、なんて。お下品でしょう。でも、あん、もう、わたし、我慢できないんです。膣《なか》の……、あの、奥のほうがウズウズ熱くなって、じっとしていられなくて」

切れ切れの言葉であるが、彼女の表現は正しい。

彼女の股間は上下に跳ねたり、左右に揺れうごいたりして、まるで落ちつきがない。股間の揺れに合わせ、上体もよじらせる。自分の昂ぶりを全身で表わしているのだ。

「わかりました。それじゃ、奥さんのパンツを横にずらす前に、ぼくが裸になりましょう。さっきからぼくの男の肉も、ムクムク膨張してきて、ズボンが窮屈になっているんです。むさ苦しい肉体ですが、嫌がらずに見てくれますね」

えっ、あなたも裸に！　甲高《かんだか》い声を発した彼女の上体が、ビクリと立ちあがった。スカートはすっかりめくれ、パンティをさらしているというのに、ソファの上で横座りになって、見すえてくるのだ。

その眼差《まなざ》しは、興味津々。

はて……？　いざとなって龍平は迷った。全部脱いでしまうのか、それとも上半身だけにするか。

ええい、面倒！　と、龍平は薄手のセーターを頭から剝《は》ぐなり、肌着を取った。

「ああっ！」

横座りになったまま、奥さんは手のひらで唇を押さえた。艶やかな太腿の丸みはほぼ根元まで剝き出しになっているが、その驚きの表情はとてもあどけない。

「学生時代、雄二は野球部で鍛え、ぼくは剣道部で鍛錬していましたから、軀は二人とも頑丈にできていましたよ」

「いえ、雄二さんはすっかり太ってしまって、メタボなんですよ。でも、龍平さんは素敵なお軀……。お腹も出ていませんし、胸板も厚くて、パンパンに張っています」

「そうですか。今でもぼくは時間があると、お寺の境内《けいだい》で竹刀《しない》を振っていますから、贅肉《ぜいにく》は少ないほうでしょうね。体重も学生時代とほとんど変わらなくて、七十二キロほどです」

「あっ、はい。見とれてしまいます」

感嘆の声をあげながら、彼女の上体はだんだん前のめりになってきて、じっと食い入ってくるのだ。いや、見ほれているようだ。

考えてみると、最近、本橋雄二とは会っていない。古い暖簾を誇る和菓子店を経営しているのだから、試食もしなくてはならないだろう。糖分の取りすぎでメタボになってきたことは、充分、想像できる。

「あの……」

彼女の膝がほんの少し、前にずった。

「なにか……？」

「厚かましいお願いをしてもよろしいですか」

「なんなりと、どうぞ」

素直に答えてやったとき、彼女の顔が急にうつむいた。視線の先が自分の太腿に落ちて、彼女はあわてふためいてスカートの裾をつまみ、引きもどした。隠さなくてもいいでしょう。これからズボンも脱ごうと覚悟したばかりだったのに……。龍平はやや落胆した。

数秒して、彼女の視線が上がった。瞳は薄桃色に染まって潤んでいる。どうしましたか……？　もう一度、龍平を問うた。

「あの、女のわたしにも欲望がございます。龍平さんの立派なお軀を拝見しましたら、あの……、急に、その、ふれてみたくなったというか、素敵な男性のお軀の香りを嗅いでみたくなりました。ですから、わたしのそばに来ていただけないでしょうか」

「そんな、容易《たやす》いこと。奥さんにさわってもらったら、ぼくの肉はますますいきり勃って、ブリーフを蹴破るかもしれませんが、それでもよろしいですね」

「ああん、もう、そんなに、大きくなっていらっしゃる……、とか？」

「奥さんの白いパンツの猥らしいシミを見つけたとき、ビクンと弾みあがりましてね」

奥さんの視線が急降下した。

龍平のズボンの前が膨らんでいた。

「わたし、頭がクラクラしてきました。男性の軀を拝見して、こんなに昂奮したのは初めてです」

しきりに舌なめずりをし、肩で息をする。ボーダーのシャツの胸元を大きく波打たせている。

「とても嬉しいですね。裸を見ていただいて昂奮してもらえるなんて。男として、大満足しています。気分よく見ていただけるなら、ズボンもブリーフも脱ぎましょうか」

「ええっ、パンツも！」

「さっき言ったでしょう。奥さんのパンツのシミを見つけたら、男の肉が大膨張して、非常に窮屈になって、少し痛いんです」

人妻の視線がズボンの膨らみと胸板を何度も往復した。

どんどん息遣いが荒くなってくる。そして、フーッと大きな吐息を漏らした。

「わたし、今ごろになって、やっとわかりました」

「なにを、でしょうか」

「前の主人とは、なんとなく呼吸が合わなくて、別れたと申しあげましたでしょう。もう一度人生をやり直そうと雄二さんと結婚したんですが、二人の呼吸がうまく合わないような感覚は同じなのです」

「あまりうまくいっていない……、ということですか」

「この感じはわたしの一方的なわがままかもしれませんが、どうしてもタイミングが合わないというのでしょうか」

「タイミング……？」

「はい。抱いてほしいとき……、もっとはっきり申しあげますと、雄二さんとセックスをしたいときのタイミングです。歯車が噛みあっていないような。ですから、いつもお互いが不完全燃焼に陥って、それで雄二さんは不信感をいだかれたのかもしれません」

表現に具体性が欠けている。龍平はそう感じた。

が、彼女の言いたいことは、二人の性欲に時間的ズレがあったのではないか、ということである。すなわち、夫が欲しているときと妻が欲しているときにズレがあって、性の快楽に辿《たど》りつくことができなかった、と。

「そんなことがあるかもしれませんね」

龍平は曖昧《あいまい》に相槌《あいづち》を打った。

「今夜は抱いてほしいと思ったとき、雄二さんは背中を向けて寝てしまうし、雄二さんが求めてくるときに限って、わたしは少し疲れていて、休ませてほしい……、そんな生活がつづいていたようです」

「夫婦生活って、うまくいかないものですね」

「でも、あの……、今は違います。あなたとわたしの気持ちが、ぴったり一致している……、そう考えてもよろしいんでしょう。だって、龍平さんのおズボンの前はこんなに膨らんでいますし、わたしの……、ああん、ショーツの中は熱く蒸れて、ねっ、ネバネバしているんですよ」

自分の体調を生々しく告白されて、ブリーフの内側で勃ちあがる肉幹の先端が、ブルンと揺らぎあがった。

ようするにお互いの性欲が、同時刻にカーッと燃えさかったことを言いたいらしい。衝動的であろうと計画的であろうと、不倫とか浮気の感覚はそんなものだ。不倫相手の女性をホテルに連れこんで、背中を向けて寝ることは、まずない。

ならば、素っ裸になってやろう。彼女の欲望はさらに燃えたぎるであろう。ためらいもなく龍平はズボンのベルトをゆるめた。ファスナーを引きおろす。

ああっ、待ってください……！　黄色い声をはりあげた彼女のお臀がピョンとだった。

飛びあがった。ソファからすべり下りるなり、龍平の腰にしがみ付いてきたの
裸になった胸板に唇を這わせてくる。

荒い息遣いが素肌に染みてくる。

「ねっ、乳首を……、ああん、乳首を吸ってもよろしいでしょう」

龍平が答える前に、彼女の唇は左の乳首に張りついた。舌を出してくる。そっと味わうように舐めてくるのだ。ツーンとする快感が全身に拡散していき、肉幹
の先端がまたしても、ビクリと跳ねた。

胸板に張りついた彼女の頭を、龍平は抱きくるんだ。

癖のない柔らかい髪が指先に絡みついてくる。

男にとっては至福の時間である。

「舌遣いが上手ですね」

お世辞ではなく龍平は伝えた。

「いいえ、あなたの素肌……、いえ、乳首がとっても美味《おい》しいんです。わたしの
舌の先でピクピク弾んでいます。ですから、ねっ、舌を動かすたびに、乳首が突
起してくるんですよ」

舌を遣いながら彼女は上目遣いの目を向け、両手で脇腹を抱きしめてきた。このような体位になると、ボーダーのシャツも邪魔でしかない。

「舞さん、シャツを脱ぎましょう。お互いの素肌が直《じか》にくっつくほうが、気持ちいいでしょう」

言葉の終わらないうちに彼女の両手が高く掲げられた。頭から脱がせてくださいというしぐさである。龍平はほんの少し腰を沈めて、シャツの裾をつかんだ。つつっと引きあげる。純白のブラジャーがあらわになった。カップの縁に繊細なレースが施されているが、色あいもデザインも至って慎ましやかである。

だが、その普段性がなおさらのこと、彼女の半裸を悩ましく浮きあがらせる。美しい女性に大げさなデコレーションは必要ない。

今になって断ることもあるまい……。龍平は一人決めして彼女の背中に手をまわし、ブラジャーのホックに指を掛けた。

「あん、ブラ……、も？」

「窮屈と思いませんか。舞さんのおっぱいはおそらく、普段より少し膨張しているはずです。乳首も尖っているでしょう。だったらブラなど取ってしまったほうが、ずっと清々《すがすが》しいでしょう」

「あっ、はい、わたしも、そう思います。でも、ねっ、そんなに大きなおっぱいじゃないんですよ」

恥ずかしそうに言い訳をした人妻の瞳が、目尻に小皺《こじわ》を刻ませ、龍平に向けられてきた。たまらないかわいさが龍平の腹の中で沸騰した。脇腹に手をまわし、抱きあげる。ああっ……！　くぐもって喘ぎ声をあげた人妻の両足が、よろけながら立ちあがり、胸板に重なってきたのだ。

龍平は素早くブラジャーを抜き取った。

左右の膨らみが龍平の胸板でつぶされた。乳房はとても柔らかい。が、その中心点に突起する乳首は硬くしこっていて、胸板をコリコリとこすってくる。男にとっては、たまらない快感だ……。

龍平の手が気ぜわしく動いた。

ズボンのファスナーを引き下げ、ズボンをずり下ろす。二人の軀を遮断する布はできるだけ取り払ってしまいたい。それが男の欲望だ。ついでに彼女のスカートに手を伸ばし、ファスナーを引いた。

「あん、ねっ、スカートも……？」

彼女の声がかすれていく。が、腰をよじって、自らの意思でスカートを下げようとする。思いは同じなのだ。できるだけ密着したい……。

二人の軀に残った布はブリーフとパンティのみ。龍平は彼女の腰とヒップに手をまわし、キュッと抱きしめ、引きよせた。あーっ……！　顔を迫り上げた彼女の両手が首筋に巻きついてきたのだった。

剛直にそそり勃つ肉幹を、奥さんの股間に押しつける。

「ねっ、ねっ、あーっ、あなたの大きなお肉が、わたしの下腹に、グイグイ食いこんできます。いやーん、熱いの。ねっ、形がはっきりわかります。太いんです。反《そ》っているんですね。だめ、そんなに押してこないで。わたしの軀の中に埋まってくるんですよ」

下腹に襲いかかってくる男の肉の形状を、かなり詳細に説明しながらも、彼女の股間はクネクネとうごめいて、男の肉を飲みこもうとする。

この昂ぶりを持続させてやりたいと、龍平は胸板につぶれている乳房の裾野に右手の指を持っていき、揉みあげた。柔らかい。確かに……、大ぶりではないが、さわり心地は抜群だ。柔らかいだけではなく、指を跳ねかえしてくるもっちりとした弾力も秘めている。

裾野から揉みあげながら、突端の乳首を親指と人差し指の腹で挟んで、これてみる。

「ああっ、それ……、感じます。お腹の底まで響いてくるんですよ」

彼女の顔が仰《の》け反った。上から唇を合わせていくには、ちょうどいい角度だ。

乳首をつまみ、股間を押しつけながら、再度、唇を合わせにいった。うっ、うっ……。苦しそうなうめき声を漏らしながらも、彼女もかなり積極的に舌を絡めてくる。

うんっ！　思わず龍平はニヤッと笑った。

彼女の右の手がどこからかずり下がってきて、ブリーフの盛りあがりを探りにきたからだ。女だって、男の肉をさわってみたいという欲望にかられるときがあるのだろう。勇猛に聳《そび》えているのだから。いや、それが一般女性の生理現象だ。

舌を絡ませたまま、彼女の瞼がひっそり上がった。

薄桃色に染まった顔には満足そうな笑みさえ浮かべている。いや、満足そうというより、卑猥な目つきに見えてくる。視線が粘っこい。

ブリーフの盛りあがりをまさぐっていた彼女の指が、跳ねあがる亀頭にしっかり巻きついてきた。強靭《きょうじん》に張る鰓《えら》を撫でまわし、そして、肉筒をさすってくるのだ。

「立派よ……」

彼女の声が、かすれて上《うわ》ずった。

「パンツの上からじゃ、物足りないでしょう。中に入れてもいいんですよ」

「でも、ああん、わたし、少し怖くなってきました」

「どうして……？」

「そんなにたくさんの男性経験があるわけじゃないんですよ。でも、今まで経験した男性とは比較にならないほど素敵な形に感じて……。ですからね、もし本物にさわってしまったら、あなたから離れられなくなるかもしれないなって」

「そんなこと、心配することはないでしょう。ぼくたちは毎日、同じ仕事場にいるんですから、会いたくなったら、いつでも会える。この部屋は誰も入ってこない蜜室ですし」

「嬉しい……。ねっ、それじゃ、ほんとうにパンツの中に手を入れてもいいんですね」

「途中で、手を止めないでくださいよ」

「いやーん、わたしの真似をしないで。それとも、わたしを虐めて悦《よろこ》んでいらっしゃるとか……？」

次の瞬間、龍平はつい、ウウッとうなった。

人妻の手の素早いこと！　ブリーフのゴムを掻いくぐった彼女の手は、垂直にそそり勃つ男の肉の先端を、むんずと握ってきたのだ。かなり乱暴な手つきである。

「もう……、ああっ、いやーん……」

意味不明の喘ぎ声をたてつづけにあげた彼女の手は、亀頭から肉筒に下っていき、非常な力で握りしめたのだった。太さや硬さを確認するかのように、指先に力をこめたりゆるめたりしている。

「満足してもらえましたか」

龍平は念のために聞いた。

「わたし、自分のやっていることに、びっくりして」

「なぜ……？」

「だって、わたしは今、龍平さんの大切なお肉を、こんなにしっかり握っているんですよ。今まで、こんなはしたないこと、やったことがありません」

「いいじゃないですか。やりたいことをやって、舞さんのストレスが少しでも発散できたら、ぼくも満足だし」

「でも、これって、不倫でしょう。わたしの手は主人以外の男性の、あの……、オチンチンをしっかり握っているんです」

「握っているだけでは、だんだん不満になってきたみたいですね」

ふいと向きあってきた人妻の瞳がキラリと光った。

白い歯並びを覗かせ、ほんの少し唇をゆがめた。図星を突かれ羞恥を滲ませているようだった。

「神聖な駅長さんのお部屋で……、ああん、そんなふしだらなことをやってもよろしいんですか」

「舞さんが今、なにを考えているのか知りませんが、そのことは、そんなにふしだらなことでしょうか」

「だ、だって、ああん、キスもしたくなります。女だったら、こんなに立派なお肉を手にしたら、唇を寄せて、舐め舐めして、それからくわえて、あん、素敵な匂いを嗅いでみたくなるのが普通です」

「それほど素敵な匂いですかね。今日一日働いて、風呂にも入っていないのに」

「いいえ、女の臭覚はそのときの気持ちの持ちようで、どうにでも変化するのです。オシッコの匂いでも、芳しい興奮剤になることもあるんです」

あっ、これっ、本気なのか……？　龍平はあわてて声をあげたくなった。奥さんの顔がズルズルと胸板をすべり落ちていき、ブリーフの盛りあがりに張りついたからだ。

彼女の唇は的確に亀頭をとらえてくる。

生温かい呼吸がブリーフを素通しにして吹きかかってきて、肉筒の根元はウズウズと疼《うず》き、男の玉袋がキューンと収縮する。男の官能神経が、五体のあっちこっちで敏感に反応するのだ。

龍平は彼女の頭を両手で挟んだ。見た目以上に小さな頭だ。が、頭皮は熱くほてっていて、細くて長い髪が指に絡まってくる。髪もいくらか湿っているらしい。

「ちょっと臭うでしょう」

それでも龍平は恐縮して聞いた。

道の駅で顔を合わせたとき、素晴らしい女性だといつも見ほれていたが、このような事態になるとは想像もしていなかった。相手は親友の奥さんだったし、結婚して間もない新妻だったからだ。それだけに、二人の行為が思わぬ方向に進んでいくにつれ、龍平の頭の片隅では、真っ当な人間の倫理感とか道徳感がふいとよみがえってもくるのだ。

古刹の跡取り息子という世間態もある。

人妻の目が、まぶしそうに向きあってきた。

「はい。とっても匂います。ちょっと酸味の利いたワインのような」

「気にならないんですか」

「今はお鼻いっぱいに吸って、あなたの体臭にまみれて、酔ってしまいたいんです。あーっ、ドキドキしているんですよ。わたしはこれから、どうなってしまうのか、と」

下腹に張りつくように勃起する肉筒の裏側に唇を寄せ、いやいやをするように顔を左右に振る。うんっ……？　ブリーフが濡れてきた。奥さんの唇の隙間から漏れてきた唾液が、ブリーフに染みついてくるのだ。ということは和菓子店の若《わか》女将《おかみ》が、昂奮の涎《よだれ》を止められなくなっている……、ということである。

今がまさに責めどき！

「舞さん、ちょっと待ってください。パンツが邪魔っ気になってきました。どうせのことなら、直接やってくれませんか」

またしても彼女の視線が、ぴたりと睨んできたのだ。

髪は乱れ、頬は紅潮し、唇は少し腫《は》れてしまっているようである。

彼女はコクンと唾を飲んだ。それじゃ、あなたがブリーフを下げてくださいとおねだりしている。龍平の目にはそう映った。時間をおいてはならない。ブリーフのゴムに指を掛けるなり、ズルリと引きおろす。

「ああっ！　あっ、それ……！」

奇声を発した彼女の顔が激しく仰け反った。ブリーフのゴムを弾《はじ》いた男の肉が、ブルンと揺らぎあがったからだ。薄い皮膚に包まれた亀頭は、鮮やかな朱に艶めき、何本もの太い血管を浮かせる肉筒は赤銅色《しやくどういろ》に染まって、なかなか威勢がよろしい。

自分では、決して巨根であると思っていない。

膨張時の長さはせいぜい十二センチほどで、直径は約三センチ。が、張りつめた鰓の形が、実寸より大ぶりに見せ、台湾バナナに似た反り身が、肉の硬さを誇示しているのだ。その上、陰毛はふさふさとなびいて、男の局部に華《はな》を添えている。

「あん、お願い。目の前でブラブラされると、圧迫感があるんです。わたし、こんな明るいところで、逞しい男性の裸を拝見するのは初めてですから。ねっ、ソファに……、仰向《あおむ》けになって寝てください。上から見たほうが、少し楽になりますでしょう」

それもそうだろう。こうしたときは、女性の言いなりになってあげることが、男の優しさである。ちょっとみっともない感じもするが、足首まで下ろしたブリーフを蹴散らして、龍平はソファに仰臥した。ベッド代わりに使うこともあるソファであるから、寝心地はよろしい。

しかし、仰向けに寝ても、男の肉はいっこうに萎《な》えることもなく、恥じらいもなく裏筋をさらして、ほぼ垂直に迫りあがっていた。

ほーっ！　龍平は感心した。

白いパンティ一枚になった奥さんは、ひょいとソファにのってきて、太腿の隙間に潜りこんできたのである。そのときになってやっと、龍平は彼女の乳房の形状を目にした。

典型的な円錐型は見事な弧を描いて、前屈《まえかが》みになったぶん、いくらか垂れた。乳房の膨らみは抜けるほど白い。そのせいもあってか、乳房の突端に尖る鮮やかな紅色の乳首が、強烈に目を射抜いてくるのだ。

三十歳の女体は、まさに熟れどき、見どき、食べどきの色あいに実っている。自分の軀を穴のあくほど見つめられている羞恥など、どこかに置き忘れてきたように、人妻の視線は龍平の股間に注がれる。ときどき舌なめずりをしては、コクンと喉を鳴らす。

「どうしましたか。ぼくはすでに俎板《まないた》の鯉です。舞さんの好きにしてください」

「ああん、あなたって、ずるい人。わたしはか弱い女ですよ。好きにしなさいなんて言われても、どうしてよいのか、わかりません」

「そうでしたね、これは失礼。では、軀を回転させて、ぼくの顔に跨ってくれませんか」

「ええっ！　龍平さんのお顔に、わたしが跨る……？」

「そうです。わかりやすく言いますと、舞さんが上から重なってくるシックスナインの体位です。クンニリングスとフェラチオを同時進行させると、舞さんの口も手も、わりとスムースに動くでしょうし、二人は昂奮を分かちあえるんじゃないでしょうか」

奥さんの乳房がユラリユラリと波打った。

「それは、あの……、わたしがあなたに舐められて、わたしがあなたをくわえる……、ということですね」

「同時進行すると、恥ずかしさがなくなる上に、刺激は強くなり、昂奮は倍加されるはずです」

「あの……、この歳《とし》になってとっても恥ずかしいことなんですが、わたし、今まで、その形でやったことがないんです。今まで経験してきた男性が、嫌いだったのでしょうか。でも、わたしは一度でいいから経験してみたいと、ずっと思っていたんですよ。あーっ、させてください。ぜひ、やってみたいんです。気持ちよろしいんでしょう」

彼女は一気にしゃべりまくった。

しかし聞いているほうがあきれた。二度も結婚して、しかも三十路を迎える特段の美熟妻なのに、シックスナインの経験がないなんて。

雄二もアホな男だ。宝の持ち腐れではないか、と。

「それじゃ、パンティを……」

脱いでくださいと龍平は言いかけたのだが、ボーッと見つめた。

彼女の手があわただしく白いパンティのゴムに掛かった。腰を折って引き下げる。シックスナインを行なうことに、これほど期待をする人妻も珍しい。

だが、それ以上にびっくりしたのは、股間の丘に萌える黒い毛の多さだった。まさに大繁茂……。肉の丘を覆いつくしている。肌は抜けるほど白く、軀全体が上品に仕上がっている女性と見ていたのに、股間の様相は一変して、多淫の相を描いているのだった。

　おおっ！　龍平は小声を漏らした。白い裸身がひらりと一転したと見えたとき、彼女はそれは軽快な動きでソファに飛び乗るなり、両膝をついて跨ってきたのである。

　顔の上を通過していったのは、彼女の太腿だ。

　ムッとするぬくもりが顔面に吹きかかってきた。これには、びっくり！　人妻の股間がパカッと目の上に広がった。驚くべきは、肉の斜面に至る黒い毛の茂りようは大量で、淫裂をほぼ覆いつくしていたのである。

　が、美人は得だ。

　普通の女性だったら、おそらく顔をしかめていただろうが、美しい顔立ち、柔らかな乳房の盛りあがり、キュッとくびれたウエストなどを見つづけていたせいか、多毛の陰部が麗しく、悩ましく映ってきたのである。

　男の生理は所詮《しょせん》、そのようなものだろうが……。

　左右に割れた人妻の太腿を、龍平は真下から抱きくるめた。そして引きよせる。あん……。喘ぎ声を漏らした人妻の腿がさらに大きく左右に開き、淫部が下がってきた。

これは猥らしい！　龍平は感動した。

腿が左右に割れて、その奥にひそむ二枚の肉畝……、すなわち大陰唇が裂けたのだろう。黒い毛の何本かがピクピクと跳ね、その隙間にツヤツヤと粘る肉の溝が覗いたのである。その上端に芽生えているらしい肉の芽が、小指の先っぽほどに膨張し、ピクリピクリとうごめいた。

たまらない激情が奔った。

彼女の淫部に向かって龍平は、顔を上げた。そして舌先を差し出すなり、繁茂する黒い毛を掻き分けた。ヌルッとして、ツーンとする味わいが、舌先に広がってくる。

舌先は生ぬるい感触だ。

龍平は指を伸ばした、ヘアを掻き分け大陰唇を探り、キュッと左右に押し広げた。ややっ！　なんとまあ可憐な色あいだ。三十路に達した人妻にしては、乱れのない形状でもある。やや黒ずんだ小陰唇が菱形になって裂けたその内側から、ヌルリと顔を覗かせた膣前庭や尿道口あたりの粘膜の色あい、形が、だ。透明の粘液にまみれて、ツヤツヤ輝いている様《さま》は実に美しく、美味そうな色に染まっているのである。

龍平は真下から舌を伸ばした。

ピンクの粘膜にヌルッと舌を這わせた。あっ、あーっ、ああっ……。彼女の口から放たれる歓喜の声は高くなったり、低くなったり。艶のある声が駅長室の壁に長く、短く響きわたる。

「ううっ……」

龍平はうなった。

生温かい粘膜が亀頭にかぶさってきた。反射的に龍平は股間を突き上げた。クンニをされた彼女の口が、フェラで応えてきたのだ。人妻の口の中にズブズブッと埋まっていく快媚が、龍平の舌の動きを活発にする。

ピクンと尖った女の芽を吸うなり、菱形に裂けた小陰唇を舐めとり、そして、小さな空洞を描く膣口の中に、尖らせた舌先を埋めこんでいく。

「あっ、ああっ……！」

男の肉から口を離した人妻が、腰を揺らしまくって悶えつづける。

龍平の目にアナルの窄《すぼ》みが飛びこんできた。どんな反応を示してくるか、興味が湧いた。小皺を刻ませた小さな丸い窄みも愛《いと》おしくなる。割れ目の底に指を這わせていき、その窄みをクッと押してみる。

「うぐっ……」

人妻の腰が跳ねた。

中に入れてみたくなる。人差し指の先端に唾を塗りこみ、アナルに差しこんだ。これは、びっくり！　苦もなくズブッと埋まったのだ。ほぼ第一関節まで。

「あーっ、龍平さん、なにを、なさっているんですか。あーっ、いい。そこ、気持ちいいんです」

人妻のお臀がまた、激しく揺らいだ。

アナルに感じる刺激を表現したいのか、彼女のお臀が上下に振れた。人差し指がどんどん埋まっていく。第二関節あたりまでだ。昂ぶりが激化した。アナルをいじりながら龍平は舌の動きを加速させる。

硬く尖らせた舌先が、膣口の奥まで埋まっていく。

おびただしい粘液がジュルジュルとこぼれてくる。合わせて、舌を取りまく粘膜がヒクヒク、クネクネとうごめいて、舌を締めつけてくるのだ。

挿入の欲望が吹きあがった。シックスナインで終わりたくない。龍平はアナルから指を抜いた。

嬌声が弾けあがった。

「だ、だめっ！　手を止めないで」

えっ、手を止めないでとは……？　それじゃ、どうするの？　だが、彼女の強い要求である。龍平は再度、指を押しこんだ。指はズブズブと深みにはまっていくのだ。その感覚は狭い空洞だ。底がない……。

半ばヤケクソになって龍平は指を遣い、舌を遣い、そしていつの間にか腰を遣っていた。人妻の喉奥を目がけ、かなり乱暴な動きで亀頭をねじ込んでいたのである。

「龍平さん、わたし、もう、いきます。ですから、あーっ、出してください、わたしのお口に……」

男の肉からほんのわずか口を離した彼女は、切れ切れに言った。

ええっ、口内発射……？　ウソだろう。親友の奥さんにそのような戯《たわ》けはできないと考えながらも、男の昂奮は常識の枠を破壊していって、腰の動きを止められなくなってくる。

右手の人差し指はアナルを。左手は彼女の胸元にまわして乳房を鷲づかみにして、舌先で淫裂をこねまわす究極の三所《みところ》責《ぜ》めは、人妻の口遣いをさらに粘っこくしてくる。

「ああっ、もう……！」

消え入りそうな叫びが、亀頭を震わせた。

股間の奥底が弾けた。ビュビュッと噴き出した。彼女の喉が鳴った。この美麗なる人妻は自分の体液を飲んでくれている！　至福と言えばいいのか、征服感に酔ったというのか。正常な行為よりむしろ心地よい噴射感に酔っていく。ほぼ同時に、顔の上に跨っていた人妻の肉の裂け目が、ドドッと崩れ落ちてきて、顔面にかぶさってきたのだ。

濡れたヘアが顔に張りついた。

濃密な粘液がヌメヌメと垂れてくる。

龍平は舐めとった。

顔面にかぶさったまま、ピクリとも動かなくなった人妻のお臀を両手でかかえてやりながら、龍平は考えた。この人妻は奈良県の実家に一時帰宅すると言っていたが、どうするのだろうか、と。

それと同時に、本橋夫婦はこれから、いったいどうなっていくのだろうか？　という、わずかな不安も重なって、全裸の人妻から手が離せなくなっていた……。

第二章　快楽の一句

駅長さん……。背中の後ろから、いくらか押し殺した声が聞こえてきて、松ヶ崎龍平はひょいと振りかえった。

「あれっ、柴田《しばた》さん、どうしましたか」

少し汚れた手ぬぐいのほっかぶりをした柴田のおばちゃんが、ニッと笑っていた。

柴田のおばちゃんはその名を柴田小百合《さゆり》という、とてもかわいらしい名前なのだが、年齢は間もなく七十の大台に手が届くおばちゃんである。『道の駅　くまの』では、地主的存在の女性で、自宅の田畑で収穫した野菜や穀類を道の駅に出荷し、それなりの利益をあげている名物おばちゃんなのだ。

柴田のおばちゃんの目が龍平と道の駅の入り口を、何度か往復した。

「駅長さんを訪ねてきた女子《おなご》はんがいらっしゃるんですが、どうしましょうかね」

「えっ、お客さん？　ぼくに……？」

誰なのか、咄嗟に思いつかない。地元の知りあいであったら、入り口などで待たないで、駅長室に来るか、勝手に駅内を探しまわる。忙しいおばちゃんをわずらわすことはない。

「えらい別嬪《べっぴん》さんですよ。そうね、歳のころは三十二、三。どこぞのお内儀《ないぎ》さんかしら」

柴田のおばちゃんの言葉尻に、ほんのわずかな女の嫉妬心が滲んだ。

串本《くしもと》町界隈の艶なる噂は、おばちゃんの口にかかると百倍になって、あたりに喧伝されるという口達者なのだ。道の駅の駅長であるのと同時に、創建二百数十年を誇る古刹、明安寺の跡取り息子にしてみると、妙な噂はできるだけ広げたくない。

「で、お名前は？」

「はい、北浜純子《きたはまじゅんこ》さん、と、おっしゃっていました。駅長さんにご迷惑がかかってはいけないと、きっちりお聞きしておきましたよ。純子さんの純は純粋の純だとか。きれいな女子はんは、精いっぱい注意せんといけません」

北浜……？　名前を聞いても、さっぱり頭に浮かんでこない。

柴田のおばちゃんとムダな話をしていると、噂に尾ひれが付いて周回する可能性もある。誰でもいいから、会って確かめるのが確実な方法だと、龍平は、ありがとう、その人に会ってくるよと言って、さっさと入り口に足を向けた。

道の駅の入り口は、左右に開くガラスドアで仕切られている。冬場の寒い季節は閉じられているが、桜の便りが一番早く届いてくる和歌山県の最南端は、このところ温暖の日がつづいて、ドアは完全に開けてあった。

入り口の近くまで歩いて、龍平は用心深くあたりを見まわした。

(あの女性か……？)

入り口の片隅で不安そうに佇《たたず》んでいる一人の女性を見つけ、龍平は目を凝らした。串本町近辺に住んでいる人間ではないということが、ひと目でわかった。彼女のかたわらには、旅行用の小型キャリーバッグが置かれているし、淡いオレンジ色のスプリング・コートは、かなり遠方からこの地を訪ねてきた証拠である。

セミロングのヘアスタイルは似合っているのだが、外見はちょっとひ弱そうな、青白い面相に真紅の口紅を一筋施した化粧が、病後のやつれたような感じを物語っている。

はて……？　龍平は考えた。

おれの知らない女性だが、あの女性はおれのことを知っているのだろうか？　そのような場合がよくある。彼女の目の前をゆっくり歩いてみるか。そうすることが、面識のあるかなしかをはっきり証明する。

店内の様子をうかがうようにして龍平は、わざとゆっくり歩いた。

女の視線が強く絡んできた。見すえてくる。ちょっと薄気味悪い。柴田のおばちゃんが言うとおり、なかなかの別嬪さんであるが、目力《めぢから》が強いのだ。探る目つきである。

知らんぷりをして通りすぎようとした。

「あの……」

そのとき初めて女のほうから、オズオズと声をかけてきた。

声に釣られて龍平は顔を向けた。真正面からじっくり見すえても、やはりまるで記憶のない面立ちであった。

「なにかお買い求めでしょうか」

道の駅の駅長らしく、龍平は鷹揚《おうよう》に応対した。

「あなた様はもしかして、松ヶ崎風太《ふうた》先生でしょうか」

「えっ……！」

一瞬、龍平は立ちどまった。

風太は龍平の俳号である。高校時代からの俳句の趣味が高じ、同好会に所属していたときに龍平は、「風太」なるいい加減な俳号を己に冠した。

びっくりしたのは俳号を呼ばれたことより、先生と呼ばれたことである。あなたより多少先に生まれているかもしれないが、先生と呼ばれる筋合いはいっさいない。

「確かにぼくは松ヶ崎風太ですが、あなたが北浜純子さん……、でしょうか」

「あっ、はい。突然、お伺いして申しわけございませんでした。いえ、風太先生にどうしてもお目にかかりたくなりまして、昨日、東京から参りました。北浜純子でございます」

女は手の甲で目尻を拭《ぬぐ》った。

ちょ、ちょっと待ちなさい。涙を流すことはないでしょう。だいいち、あなたとは初めてお会いする関係で、こちらは嬉しくも悲しくもない。

「で、ぼくがこの道の駅にいることは、誰に聞きましたか」

ショボショボした目つきになって、女は半歩近寄ってきた。

一六十センチを超えそうな身長だが、痩身である。

「今朝方、駅前のホテルのカウンターの方にお聞きしました。串本町に松ヶ崎風太先生という方がいらっしゃらないでしょうか、と。そうしましたら、松ヶ崎さんは明安寺の住職さんの姓ですから、お聞きになったらいかがですかと教えられたのです」

「それで、お寺に……？」

「はい。藁《わら》にもすがる思いでお寺に参りましたら、ご親切なおば様が笑いながら教えてくださいました。風太はわたしの息子で、今は、『道の駅　くまの』で仕事をしていると思いますから、訪ねてください、と」

おれの居場所を教えたのは母親であると、龍平はちょっと苦々しく思った。確かに別嬪さんではあるが、見知らぬ人におれの所在を、そう簡単に教えないでほしい、と。

だが、この女性とは、浅からぬ因縁がありそうだと、龍平は思いなおした。自分の俳号を知っている人など滅多にいない。でなければ、わざわざ東京から出むいてきて、明安寺を訪ねるわけがない。よく見直すと悪人ではなさそうな純粋な顔立ちであるから、話相手になってみようかという好奇心めいた気分になった。

このあたりは女好きの典型である。

「立ち話をしているわけにもいきませんから、すぐそこにある喫茶店で、少し待っていただけますか。事務所を片付けて、すぐに行きますから」

「えっ、お時間をいただけるのでしょうか」

「東京からいらっしゃったのでしょう。お話を聞くらいは、当たり前のおもてなしです」

女の表情に、それは嬉しそうな笑みが浮いた。

「ありがとうございます。風太先生はわたしにとって命の恩人でございます。こうしてお会いできて、先生のお話がうかがえるなんて、夢のようでございます。ほんとうにありがとうございます」

深々と腰を折って、大げさに礼を言った女の姿を見守りながら、龍平はこっそり首を傾《かし》げた。命の恩人だなんてオーバーだ。おれは由緒のある寺の跡取り息子であるが、人間の命を左右するような大事《だいじ》に接したことは、一度もないんだけれどな……、と。

龍平には三つの名前がある。

本名は龍平。俳号は風太、そして法名は栄念《えいねん》。

明安寺の門徒衆からはしばしば栄念和尚《おしょう》と呼ばれることがあって、慣れているところもあるが、俳号の風太は、あまりまわりには馴染みがない。最近は道の駅の仕事が忙しく、句会を開くチャンスがないものだから、俳号で呼ばれることはほとんどなくなった。

が、女性から俳号だけではなく、先生と呼ばれ、龍平はいくらか舞いあがっていた。しかしあの女性は、おれの俳号をどこで知ったのだ？ 多少の疑問と期待をまじえながら龍平は十分ほどしてから、おもむろに喫茶店のドアを開いた。

これっ！ そんな大げさに挨拶しないでくれよ……。ドアを開けて入った瞬間、一番隅《すみ》っこのテーブルに座っていた女が、バネ仕掛けの人形のように起立し、そして深々と頭を下げたのだ。

喫茶店のマスターとは顔なじみで、照れくさいやら恥ずかしいやらだ。

「お待たせしました」

急いでテーブルまで歩き、早く座ってくれるように催促した。

（あっ、それっ、どうしたの？）

腰を据えたとき、龍平はテーブルに載っている一冊の書籍を目にして驚いた。タイトルは間違いなく、『思い出の陽射し』。

八年ほど前、龍平は若い時代の思い出に……、と、それまで詠んだ俳句の中から、おおよそ八百句を選び出し、自費で句集を出版した。出版元は大手出版社で、六百冊を印刷した。費用はおおよそ百五十万円。

若い時代の記念である。

大部分は句会の仲間や友人に贈ったが、残りの何冊かは、一部二千五百円という目の玉が飛び出るほど高価な値段で、一般書店で販売したと出版社の編集者から聞いた。すでに八年も前の話で、書店で何冊売れたのか、そんなことは気にもしていなかった。

目の前に座る女性は初対面であるから、句集を贈呈したはずもない。だとすると二千五百円で買ってくれた読者か、ないしは誰かからもらったものとしか考えられなかった。

「ぼくの句集を読んでくださいましたか」

いささか照れて、龍平は聞いた。

六百冊の中の一冊を、大金を払って買ってくれた、貴重なる読者かもしれないのだ。

「わたしもずいぶん以前、俳句に興味を持ったこともございましたが、仕事が忙しく、句作の時間もなかったのでございます。自分の軀のことも考えず、仕事に没頭しておりましたところ、二年ほど前、風邪をこじらせ、肺炎を患い、それが原因で腎臓を悪くしました」

「それは難儀《なんぎ》でございましたな」

話を聞いて龍平は、彼女を哀れんだ。だから、やつれた姿だったのだろう。病気は回復したとしても、わざわざ和歌山まで来ることはないのに、と。

「風邪をあなどっておりました。腎臓だけではなく、胃、肝臓も悪化し、多臓器不全に陥り、下手《へた》をすると命まで失いそうになりました」

「で、今は回復されたのですね」

「厳しい入院生活は、人生の希望を捨てそうになりました。わたしの人生は病院で終わるのか、と」

言って女はまた、手に持っていたハンカチで目尻を拭い、グスッと鼻を鳴らした。気の毒な過去であるが、耳にしたくない話である。早々に切りあげたくなった。

生まれてこの方、病気らしい病気を患《わずら》ったことのない龍平は、入院生活の辛さなどわからない。が、非常に悦ばしいことは、この美しい女性が本復《ほんぷく》し、一人で長旅をしてやってきたことだ。

和歌山県の最南端まで新幹線は通っていないから、乗りかえも大変である。

しかし苦しい入院生活と、おれの句集になんの関係があるのだ……？　それで龍平は問うた。

「入院されているとき、ぼくの句集をご覧になって、なにか感じられることがあったのでしょうか」

俳句はときに、人間に希望を与えることがある。

「あっ、はい、そのとおりでございます。先生のご本は七年ほど前、東京の書店で買ったのですが、先ほども申しあげましたとおり、仕事がとても忙しく、すべてを拝読することもなく、本箱にしまっておりました」

「入院生活は時間の余裕もあって、書棚から取り出し、読んでくださったと」

あっ、はい……。呼吸をいくらか荒くして、女は手元にあった句集をペラペラとめくり、そして、龍平の前にスッと差し出した。

「あらためて、わたしに生きる希望を与えてくださった俳句でございます」

龍平は目をとおした。

『わが病《やまい》　癒えてゆくなり　芽樹《めぎ》光る』

『チュウリップ　末期《まつご》のわれと　別れきし』

『晴れ晴れと　梅の老木　芽吹《めぶ》き初《そ》む』

『春風駘蕩　句座の隣りに　美《は》しき女《ひと》』

目をとおして、下手くそな俳句だなと龍平は、己を恥じた。

そもそもいつ詠んだものかも忘れている。俳句はふと思いついたときに詠むもので、すぐに忘れてしまう特性もある。

「これらの句が、北浜さんの生活になにか影響を与えたのでしょうか」

龍平は聞きなおした。

「生きていくことに疲れておりました。こんなことを申しあげますと、先生に嗤《わら》われてしまいますが、入院していました当時、お付きあいをしておりました男性ともいつしか疎遠《そえん》となりまして……、そんな心の痛手も病気の回復を遅くしておりました。でも、先生……」

女の目がすがり付いてきて、テーブルに載せられていた句集を、ギュッと握りしめた。もしよろしかったら、ぼくの手を握りしめてくださってもよろしいですよ……と、龍平は言いたくなった。

血の通っていない紙をつかんだって、温かくない。

　しかし、世の中にはひどい奴もいる。病魔と闘っている恋人を置き去りにして姿を消してしまうなんて。おれは新米坊主だけれど、呪い殺してやろうか、とさえ思う。

「先生の俳句はわたしに生きる力を与えてくださいました。厳しさの中に優しさがこもっていたのでございます。前をしっかり見つめて、一歩一歩、前進していきなさい、と。それで、どうしても先生にお会いしたくなりまして、昨日、和歌山まで参ったのでございますが、先生のお住まいがどうしてもわからなくて……」

　一般的に出版社は、作家の住所は正しく教えないことを慣わしとしているらしい。だから和歌山県の串本あたりですよと、曖昧に教えてもらったのだろう。

「それはわざわざご苦労さまでした。ぼくの俳句を読んでいただいた結果、お元気になられたとしたら、一人の俳人として、とても光栄でございます」

「それで先生……」

　女の目がまたすがり付いてきた。

　青白かった頬が、ほんのり色づいてきたのだ。細面《ほそおもて》の面立ちはなぜかとても色っぽい。

「今日、東京にお帰りですか」

「あっ、はい。そのつもりでおりましたが、あの……、もし、先生にお許しをいただけましたら、後ほど、もう少しお時間をいただけないでしょうか」

「後ほど……?」

「はい。こちらの宿にもう一泊いたしますので、わたし、お待ちしております」

宿でお待ちしています……、の、ひと言がビーンと胸に響いてきた。

(この美女と、食事をするチャンスが巡ってくるかもしれない!)

女好きが一段階ヒートアップする。道の駅の駅長室でインスタント・ラーメンをすする夕食は、とても切ないのだ。

道の駅の仕事は誰かに任せ、ホテルに直行しても構わないが、己の身を安売りすることもないと、龍平はただちに考えなおした。さりげなく龍平は腕時計に目をやった。

午後の三時半。道の駅の閉店は八時である。まだ四時間半もあるが、お互いの、なんとなくほんわかとした気分を醸成《じょうせい》させる待ち時間としては、適当ではないか。そう考えた。

「わかりました。それでは八時少しすぎたころにホテルに伺いますので、待っていていただけますか。北浜さんの快気祝いを兼ねて、近くの海で獲れたお魚をご馳走しましょう」

「ええっ、ほんとうでございますか」

女の頬にさらなる朱が、ポッと差した。

ますます色っぽい。巨大なマグロを一本釣りしたような男の満足感に、龍平はつい浸った。

那智勝浦《なちかつうら》近くの近海で獲れた新鮮な魚介の活《い》き造りと、和歌山県特産の日本酒、熊野三山《くまのさんざん》をたっぷりいただいた食後の満腹感が、初対面だったはずの男女に気持ちのゆとりを与えていた。食事が終わったらできるだけ早く帰宅しようと考えていたのだが、龍平は彼女が宿泊していた古座川沿いにある温泉宿の部屋で、すっかりくつろいでいたのである。

心地よいほろ酔い気分は、二人をリラックスさせ、旧知の関係のような居心地のよさを味わわせてくれる。

「体調も回復して自宅療養をしていましたとき、わたし、ずいぶん迷いました。先生とはなんの関係もないのに、お訪ねしてもいいのかしら、と」

宿に戻って着がえたらしい花模様を染めたワンピースの裾をいくらか気にしながら、北浜純子はときおり、ねめるような視線を送ってくる。

樹木に覆われたかなり広々とした中庭に目を移して龍平は、

「わざわざ和歌山に来られた甲斐《かい》はありましたか」

と、控え目に聞きかえした。

純子は深い吐息を漏らした。

「お医者さまは太鼓判を押してくださいました。ムチャなことをしなかったら、元どおりの生活ができますよ、と。でも先生、わたし、今でも少し心配しているのです。こんな軀で、ほんとうに元どおりの生活ができるのか、どうか……」

「仕事を始めるということですか」

「お仕事のことじゃありません。それは、あの……、女としての生活です」

「えっ、女としての……？　どういうことでしょうか」

ゆったりとしたソファに全身を沈めていたのだが、彼女のひと言に聞きかえしながら、龍平はビクリと半身を起こした。急にうつむいた純子は、丸めた背中を大きく波打たせた。

ふーん……。かなり深刻そうだ。

本来、そうした悩み事はご主人なり恋人に相談すべきなのだろうが、卑怯《ひきょう》な元恋人は病に臥《ふ》せったかわいそうな恋人を残し、姿を消した。とんでもない野郎に悩み事など、話すわけにはいかない。

この際、おれが代役を務めてあげようと、龍平は膝を乗り出した。

「あの……、わたし、十カ月ほど入院生活を送っておりました」

「ずいぶん長かったんですね」

「退院して、今日まで、いつも不安になっておりました。以前のような生活ができるのか、どうかと」

「無理な仕事は控え目にしていったら、さほど心配することはないでしょう。お医者さまも太鼓判を押してくださったのですから」

「いえ、ですから、お仕事のことではなく……」

純子は言いにくそうに言葉尻を詰まらせた。

「ご両親とご一緒に生活されているのでしょうか」

「あっ、はい。入院するまで彼……、ですから元カレとは一週間に二度、三度とデートしていましたが、彼がいなくなって、わたしの軀に冷たいすきま風が吹いているのです」

「寂しいんですね」

「デートのときは必ず、あの、ホテルに行って……」

ふむふむ……、ひょっとしたら、愛情交換のやりすぎではないか。仕事が忙しいことも病気に侵された原因のひとつであろうが、過度のまぐわいが毒性の強いウイルスの侵入を許す結果になったのかもしれない
なるほど……、だんだんわかってきた。

十カ月も入院して、やっとのことで退院したものの、果たして以前と同じような性の快楽に溺れることができるかどうか、この女性はそのことを心配しているのだ。しかも診断を下してくれるはずの男が不在となると、さらに不安はつのるのだろう。

「お好きだったようですね」

またしても彼女の頰が、パッと染まった。

表現は曖昧だが、なにが好きだったのか、改めて詳《くわ》しく説明するまでもない。

「わたしって……、ああん、初めてお会いしました先生に、このようなふしだらなことを申しあげて、とても恥ずかしいんですが、あの……、ものすごく感じる体質だったのです」

「敏感症だったようで……」

「あの……、以前、彼とデートしていましたころ、彼と腕を組んで歩いているだけで感じてしまい……。ですから、下半身がキューンと熱くなって、それから、自分でもびっくりするほど、ジュンと濡れてしまうというのでしょうか」

とても言いにくそうに純子は、自分の軀の敏感性を白状した。

なるほどね……。手のかからないタイプだったのだ。前戯など不要である。密室に侵入するなりすぐさま合体ＯＫという体勢を取っていたことになる。

が、男としては、いささか物足りない。

ねちっこい前戯を施して、初めてやる気満々になる女性を欲している贅沢《ぜいたく》さもあるのだ。

「病気をして、ご自分の軀の芯の部分が、どのように変化したのか、心配をしているということですね」

「は、はい、おっしゃるとおりです。でも、彼はいなくなって、試しようもないのです。もし以前のような反応がなかったら、完全治癒されたとは申せませんでしょう」

そう、そうですね……。曖昧に返事をしながら龍平は、この女性は具体的になにを言いたいのか、自分なりに検証してみた。ひょっとすると、セックスの実験台になってほしいと、遠まわしに申し出ているのか？　だったら、断る理由はなにひとつない。

「お医者さんに尋ねるわけにもいきませんしね」

かなり意地悪く龍平は言葉を返した。

「入院中はずいぶんお薬も飲みましたから、神経に異常をきたしているかもしれません」

「突っこんだ質問ですが、退院したあと、性欲に変化はあったのですか。先ほど食事をしたとき、北浜さんの食欲は大変旺盛で、内臓は充分回復されていると見ていましたが、性欲のほうは、第三者が外見を見ても、まるでわかりませんしね。判断の材料は、体内に隠されていますから」

「先生、性欲って、それは、あの……、セックスをしたいかどうかということでしょうか」

「それもありますが……、たとえば男の場合は、性欲が高まってくると性器が激しく勃起してきます。女性にも、同じような兆候があるかどうかをお聞きしているのです」

「でも、あの、今は目標の男性がおりませんので、お答えのしようがありません」

女は面倒くさいな……。龍平は改めてそう思った。

男の性欲は実に素直な自然現象で、定まった相手がいなくても、インターネットなどでエッチ動画を見れば、たちまちのうちに男の肉は勃起する。その変化が男の性欲である。

とてもわかりやすいのだ。

が、女体はそう簡単に、欲望の形を具現化してこない。

「たとえばですね、ぶっちゃけた話で、ぼくとセックスをしてみたいと思いませんか……、とか。決してイケメンとは思っていませんが、学生時代から剣道で鍛えていましたから、軀はガッチリしています。そうだ、もしよかったら、ぼくの裸をご覧になりませんか。裸になった男の姿を見ても、なんにも感じなかったら、専門医に診断してもらったほうがよいかもしれませんし」

「せ、先生が、わたしの前でお洋服を脱がれるんですか」

「逃げてしまった元カレはどのようなタイプの男だったのか、そんなことはなにも知りませんが、ぼくの軀でも、体型的にそれほど遜色《そんしょく》はないと思いますよ」

「もう一度、お聞きします。先生はわたしの前でお洋服を脱いでくださるんですね」

「むさ苦しいかもしれませんが、いかがですか。そうだ……、先ほど宿の仲居《なかい》さんが言っていました。この部屋の近くに家族用の露天風呂があるそうですから、温泉に入るつもりでいかがですか。そうしたら、裸になっても不自然ではないでしょう」

「先生、お願いします。ぜひ、お願いします」

顔が膝にくっつくほど腰を折って、純子は懇願した。

自分から言い出した提言である。あとには引けない。

「わかりました。それじゃ、さっそく露天風呂に行きましょうか」

降って湧いてきたかのような混浴である。彼女の気が変わらないうちに決行すべきなのだ。

そそくさと部屋に戻るなり龍平は、壁に掛けられていた露天風呂までの通路を確認して、さあ、行きましょうか……、と、強くうながした。

赤い絨毯《じゅうたん》を敷きつめた廊下を、百メートルほど歩いた。

目の前に、縦にふたつに割った竹を組んだ壁の内側から、白い湯気がモクモクと立ちのぼっていた。野趣溢れる温泉である。

粗末な板作りのドアを押すと、そこには自然の岩石に囲まれた湯槽があって、白濁したお湯が満々と満たされていた。大きさは十坪もありそうなほど大きい。四隅に置かれた水銀灯が、淡い光を放って、石畳になっている床や露天風呂を、ぼんやりと照らし出している。

洗い場にはいくつかの桶《おけ》が並んでいて、タオルや石鹸、シャンプーも用意されていた。が、今はそのような物を必要としない。できるだけ早急に衣服を脱ぐ行為に迫られているのだった。

竹板の横に小さな脱衣場があった。なにに使うのか、丸椅子がひとつ置かれている。

「それじゃ、北浜さんはそこにお座りになってください。

覚悟を決めて龍平は、ゴホンと咳払いをひとつ放って言った。

「あの、わたしはお洋服を着たまま座って、先生を拝見していればよろしいんですね」

「まあ、そういうことです。見ているのが辛くなったら、正直に言ってください。わたしは直ちに風呂に飛びこみます。幸いなことに、この温泉は白く濁っていますから、ぼくの裸も隠れてしまいます」

決然と言い放ったものの、今日が初対面である美しい女性の前で裸になっていくということは、かなり勇気がいるものだと、龍平は痛感した。あなたの裸など見たくありませんなどと拒否されたら、とても悲しい。

彼女もまた、唇を嚙んで、しきりにまばたきをしながら丸椅子にお臀を据えた。男のヌードショーの開演である。

龍平は着ていたジャケットを腕から抜いた。

「あっ、わたしがお持ちします」

純子はあわてて両手を差し出してきた。

脱衣籠は脱衣場の中にあるらしいから、脱いでいった衣服は、とりあえず彼女に渡していくのが、ショーの展開をスムースにするだろう。そう考えて龍平はジャケットを手渡した。

純子はジャケットをきちんとたたんで、両手で抱きしめた。

（次はスポーツシャツか……）

すぐにズボンを脱ぐわけにはいかない。

頭からスポーツシャツを剝いだ。彼女に向かって、シャツを渡した。一日中着用していたシャツであるから、体臭が染みこんでいるはずだ。が、彼女はまたシャツを丁寧にたたんで、手にかかえた。

（いよいよ肌着だ……）

胸板は分厚い。時間のあるときはお寺の境内で、えい、やーっ！　えい、やーっ！　と掛け声をかけながら、一心不乱に木刀を振っているから、筋肉のたるみはなかったはずだ。

腹を決めて半袖の肌着を頭から抜いた。一七十八センチ、体重七十二キロの肉体が、勢いでブルンと揺れた。彼女に肌着をたたませるわけにはいかないと、龍平は肌着を三つにたたんで渡そうとした。

あれっ……？　純子の視線は龍平の胸板にじーっとそそがれ、ボーッとしているようなのだ。三つにたたんだ肌着などに目もくれない。

胸の筋肉はバーンと張って、なかなか自分でもマッチョだと思う。

「どうかしましたか？」

それでも龍平は用心深く尋ねた。

「いえ、あの、とっても立派なお躯をなさっていて、びっくりしているのです。先生は俳句を趣味になさっている方ですから、もっと華奢《きゃしゃ》なお躯と想像していましたけれど、あの……、体育会系のお躯で……、圧倒されます」

驚きの表情は、なかなか消えていかない。

おれのマッチョ系体型など、どうでもよろしい。問題は久しぶりに目にする男の素肌が、彼女の欲望を再点火させるか否《いな》かである。汚らしいものだと考えられたら、欲望が噴火するはずもない。

いつまでもボーッとした眼差しの彼女であるが、まだこれからズボンとブリーフをぬがなければならない龍平は、肌着を彼女の膝の上に置いた。龍平の衣服をかかえる彼女の指先が、ヒクヒクと震えている。

恐怖心なのか、それとも期待感なのか……。が、彼女の軀がきっちり反応していることは間違いない。

（いよいよ、ズボンだな……）

ベルトに指を掛けて、龍平はハッとした。

肝心の男の肉に、なんの変化もないからだ。ちんまりと縮こまって、陰毛の中に陥没している状態らしい。これはまずい！　上体はマッチョでも、下半身の肉が弱々しかったら、女性は落胆するだろう。

少しくらい勃《た》ってくれよ！　龍平は自分を叱咤《しった》し、股間に力をこめてみたが、ピクリとも動かない。ま、いいか！　龍平はあきらめた。世界的にマッチョを宣伝しているヘラクレスの像でも、男のシンボルはダランと垂れている。

ヘラクレスの像に描かれている象徴が、ビクビクと跳ねあがっていたら、世間の物笑いになると、龍平は己に言いきかせた。

改めてベルトに指を掛けた。

ファスナーを下ろそうとする。

「あっ、先生、ちょっとお待ちください」

純子はかすれ声で言い、そして立ちあがり、手にしていた龍平の衣服を丸椅子に乗せると、いきなり膝をかかえてしゃがみ込んだ。椅子に座っていると、落ちつかないんです。だって、先生は裸になっていかれるのに、わたしだけがノウノウと椅子に座っているわけには参りません……。そう純子は言う。

うんっ……！　まるで素知らぬ顔をして、龍平はこそっと彼女を見やった。

しゃがんだせいでワンピースの裾がめくれ、かわいらしい膝が剝き出しになったからだ。もうちょっと裾がめくれ、太腿の一部が露出したら、だらしなくしょぼくれている男の肉に、満々たる力が加わるかもしれないのに……。半分くらい期待したが、彼女の軀は、それ以上、動かなくなった。

そこで思いきってズボンを下ろす。

やっぱりな……。白いブリーフの前はほぼ平坦。テントのテの字も張っていない。

「先生……、あーっ、先生。先生の腿は丸太ん棒みたいにガッチリして、逞しいんですね。ほら、見てください。筋肉がブルブル揺れています」

それは裸になっていく緊張感と、わずかな羞恥心が加わって筋肉が震えているんですよと、注釈したくなった。

男の肉はまだしょぼくれていますから、期待しないでください……。断りを入れようとしたが、言葉にはならなかった。が、勇気を奮《ふる》い起こしてブリーフのゴムに指を掛けた。

「せ、先生！ もうちょっと待ってください。なんだが、軀が熱くなってきました。こんなこと、退院して初めてです。わたし、きっと昂奮してきたんですね」

あれっ……？ 龍平は目をそばだてた。しゃがんでいた彼女の両膝が、ガクンと落ちて床に付いたのだ。そして両手でワンピースの胸元を抱きくるんだ。女性たちがよく見せる昂奮時の体勢のようだ。

「そんなに緊張しないでください。これから仲よく混浴する……、と、その程度に考えていたほうが、気楽じゃないですか」

「えっ、混浴って、先生とわたしがお風呂に入るんですね」

「そう、そのとおりです」

「そのときは、わたしも裸にならないと……」

「まあ、そうですね。洋服を着たままじゃ、気持ちが悪い」

「わかりました。それじゃ、わたしもお洋服を脱ぎます」

「無理をしなくてもよろしいんですよ」

「あーっ、でも、困りました」

「そうでしょうね。今日会ったばかりの男の前で裸になっていくのは、やはりためらいがちになるものです」

「いえ、そういうことではなく、わたし、十カ月も入院していましたから、痩せてしまいました。おっぱいも萎《しぼ》んでしまい、それから、お臀もいくらか小さくなって、先生にお見せできるような軀じゃありません」

　なにを言っていますか。女体の美醜を判断するのは男の役目で、以前の健康的な体型は見たこともありませんから、小さくなった、萎んでしまったなどと、判断できにくいんですよと、励ましてあげたくなった。

「全部、脱がなくてもいいんです。恥ずかしくなったら、途中でやめてください」

言葉では優しく慰《なぐさ》めているが、内心では、早く脱いでほしいとせっついている。痩せていようが萎んでいようが、これほどの美女の裸像を目にするだけで、男の肉は勢いよく目を覚ます。そのことだけは確約できるのだ。

純子はふらりと立ちあがった。

背中に手をまわす。ワンピースのファスナーを引きおろすつもりらしい。たったそれだけのしぐさを目にしたとき、男の肉幹の根元に、ジーンとする熱い刺激が奔りぬけていった。三十八歳になっても、官能神経の反応は相変わらず鋭い。ジーンとする刺激だけではない。肉幹の先端が実際にムクリと迫りあがったのだ。

おっ！　龍平はこっそり、感嘆の生唾を飲んだ。

ファスナーをゆるめたワンピースが、スルスルと下っていっていた。

これは素晴らしい！　ワンピースの下に着《つ》けていたシュミーズ風のランジェリーは淡いブルーなのだが、ほぼ全面がシースルーで、ブラジャーとパンティをくっきり浮き彫りにしているのだった。

目を凝らすまでもなく、二枚のインナーはピンク系。ブラジャーのカップは極めて小さく、パンティの切れあがりも、かなり深い。お洒落なインナーである。

「ほら、見てください。おっぱいは小さいでしょう。お臀だって、もっと張りつめていました。悲しいくらい小さくなって、みっともないんです」

懸命に弁解しながら純子は、つま先立って、クルリと半回転した。

(立派なものですよ……)

そんなに卑下《ひげ》したら、病気がぶり返しますと、助け舟を出してあげたくなった。

「そうですかね。お臀の輪郭はとても魅力的に映っていますよ。プリンと盛りあがっていて」

阿《おも》りや煽《おだ》てではない。シースルーのシュミーズ風ランジェリーの裾は、丈《たけ》が短く、お臀の半分くらいははみ出ていて、その下に顔を覗かせているピンクのパンティはハイカットで、非常に猥褻なのだ。

でかければよいという単純な判断は、大いなる間違いである。

だが、そんなことより、初対面の男の前で半裸になっていき、官能神経が開花したかどうかのほうが、はるかに重大事項であった。元カレとは腕を組んで歩いただけで、膣奥からは生温かい蜜液が、ジュンと滲んでくる鋭敏体質だったのだから。

半裸になった現状で、この女性の肉体はどう変化しているか……。そのほうがずっと気にかかる。

「いかがですか。少しくらいやる気になってきましたか」

ぞんざいなる問いだとは思いながらも、その事柄が一番聞きたいことであるから、龍平は正直な気持ちで尋ねた。

「あっ、はい、それがよくわからないのです。下半身は少し熱くなってきたような気持ちですが、あの……、以前のように、ジワッと濡れてくる感覚がなくて」

「そうですか。それじゃ……、そうですね、そのピンクのパンティを脱いでみたらいかがですか。いや、シュミーズはそのままで、ですよ」

それまで背中を見せていた彼女の全身が、ふたたびクルリと反転した。切れあがりの鋭いパンティのフロント部分に、薄《う》っすらと黒い翳《かげ》が浮いていた。剛毛、多毛とは見えない。しかも面積がとても小さそうだ。

「せ、先生は……、パンツだけを脱ぎなさいとおっしゃっているんですか」

「ちょっと、猥《いや》らしい気分になるでしょう。北浜さんのシュミーズはシースルーですから、かわいらしいアンダーヘアがチラチラ覗いてくるのです。ぼくはね、パカッとすべてを見せてもらうより、少し陰があったほうがエキサイトするんですよ。ひょっとしたら覗き趣味があるのでしょうか」

己を卑猥に見せることによって、彼女をどんどん昂奮させようとする、苦肉のひと言だった。

「いやーん、先生ったら、とても真面目そうなお顔をなさって、ものすごくエッチなことをおっしゃるんですね。先生の句集を読ませていただいているとき、先生のお顔や姿をわたしなりに想像していましたが、全然違う男性が現われたような感じです」

「イメージを落としてしまいましたか」

「いえ、わたし、昂奮してきました。先生の句集を拝見しているときは、知性の溢れた男性と自分で決めていたんですよ。それなのに、パンティだけ脱ぎなさいなんて、とってもエッチで……、ああん、どんどん大好きになってまいりました、先生のことが」

今にも倒れてきそうなほど、彼女の上体は前のめりになってくる。

この様子は、かなり昂奮している証拠であろう。

上品で権威のある店長や坊主より、スケベな俳人であることのほうが、ずっと自分とマッチしていると、だんだん嬉しくなってくる。

モヤモヤッと萌える恥毛の実像が開陳されたら、今はしょぼくれている男の肉がたちまちのうちに、強く逞しく直立するであろう。そうなったら、ブリーフを脱ぐことなど、まったく厭《いと》わない……！

ええっ！　たまげた。いつの間にか男の肉は剛直に勃起して、白いブリーフに大テントを張っているのだった。

「せ、先生は意地悪な男性でした。わたし、もう、正視できません。だって、あん、パンツがこんなに大きくなっているんですよ。十秒ほど前まで、なにもなかったのに……。そうですよ、そこは平らだったんです」

彼女の視線がにわかに忙しくなった。

分厚い胸板と、フロント部分をもっこり膨らませる白いブリーフを交互に見比べている。

「パンティを脱いでもらうと、さらに猛々《たけだけ》しくいきり勃って、ゴムを掻いくぐってくるかもしれませんね」

「いやーん、あの、亀の頭さんが、ですか」

「北浜さんに負けないほど昂奮していますから、先端の鈴口《すずぐち》から透明の粘液が滲んできて、亀頭をヌルヌルにしていくのです。見たいと思いませんか」

「あっ、はい……、お、おっしゃるとおりです。わたし、素敵な形になった男性を、もう一年近くも見ていないんですよ。先生のお元気な亀の頭さんを拝見しましたら、わたし、必ずグチョグチョになると思います。ねっ、先生、そのときは嫌がらずに、わたし、わたしのソコを見てくださいますね。ニュルニュルの……、ああん、オ、マ……、ンを」

言葉が途切れがちになる。が、昂ぶりを隠すことができなくなった彼女の口から、続々と卑猥語が連発する。この女性の言動から察して、相当なる好きものであることは間違いない。

肩で息をし、シュミーズの裾に手を伸ばし、ほんのちょっぴり覗いているピンクの布をコソコソッといじったりしている。

病《やまい》に倒れ、ようやく回復してきた麗しい女性の、まさに快気である。

食欲旺盛だけでは、真の本復とは言えまい。

おおっ！　龍平は目を見開いて注視した。彼女の指がパンティのゴムに引っかかったからだ。腰を折る。ふーん……。感心する。前屈みになっただけ、胸元が倒れてきて、ブラジャーの内側に、かなりたっぷりとした肉の谷間がえぐれてきたからだ。

これで萎んだのか？

ウソだろう。肉の谷間はかなり深く、むっちりとした肉づきが、荒い呼吸に合わせ、大きく波打っているのだ。

が、ゆっくり乳房を眺めている時間はなかった。彼女の指には、ピンクの薄布がぶら下がっていたからだ。羞恥心を蹴散らして、パンティを脱ぎとったのだ。あわてて龍平は目を戻した。

これは卑猥なり！

シュミーズの裾口から覗いた肉の丘は、モヤモヤッとした茂みを萌《も》えさせているが、とても薄毛で、肉の丘の下辺に切れこむ肉筋を、それは大胆にさらしているのだった。

しかも、その肉筋のほんの少し内側に、比較的大粒の肉の芽を、こっそり浮き出しているのだった。肉の斜面に至る部分は、どうやら産毛《うぶげ》同然の薄毛がモヤリと萌えているだけで、悩ましい女の肉の形状をそのまま剝き出しにしていると想像してもよさそうである。

「こんなことを言うと、ますますスケベっぽいおじさんに思われるかもしれませんが、その……、北原さんの大事な部分は、ほとんど丸見えですね」

「あん、そんなことはどうでもよろしいのです。先生、お願いします。あの……、わたしのヴァギナが、今、どうなっているのか、先生に確かめていただけないでしょうか」

「ぼくが確かめる……？　なにを……？」

「ですから、女性としての機能が回復しているかどうかを」

「濡れているか、否かですね」

「あっ、はい、そうです。自分でははっきりわからないのです」

うーん……！　龍平は考えた。ジュンと濡れているかどうかを確認するためには、その部分をいじってみるか、それとも太腿を左右に広げるかの、ふたつの方法しかない。

その上、露天風呂の採光は至って薄く、大開脚させても肉の裂け目付近の濡れ具合を正確に見極めることはできない。自分の仕事は、目にしたものを詳細に報告することである。

「北浜さん、部屋に戻りましょう。ここは暗すぎます」

「えっ、お部屋に……？」

「そうです。北浜さんだって、もっと明るいところで股を広げてみたいと思うでしょう」

瞬間、彼女の喉がコクンと鳴った。生唾《なまつば》を飲んだらしい。そして瞼を何度もまばたかせた。明るいところで、よーく見てくださいというサインである。

善は急げ！　龍平は彼女の手を取った。彼女の両手がたちまち上腕に巻きついてきたのである。龍平は彼女の手を取った。

てきたのである。半裸の腕組み……。二人にとっては初めての肉体的接触であった。龍平は部屋に向かって歩を進めた。彼女の顔が龍平の剝き出しの肩口に、ゆらりと寄りかかってきた。

歩を運ぶたび、裸になった二人の太腿がこすれ合う。快美の感触が全身に放たれていく。たった一枚残ったブリーフの内側で、しょぼくれていた肉幹が、ビクビクとうごめき始めたのだ。

薄暗かった露天風呂から一変して、室内はまぶしいほど明るい。

二人は顔を見あわせ、プッと吹き出した。次の瞬間、龍平はシュミーズ姿の彼女の背中に両手をまわし、ギュッと引きよせた。抵抗の力はまったく加わってこなかった。

いや、抵抗どころか、彼女の両手も脇腹にまわってきて、全身を重ねてきたのである。練乳を煮詰めたような甘い香りに包まれた。

（これは具合が悪い……）

龍平はにわかにあわてた。ブリーフで隠されているものの、ほぼ全開状態で屹《きっ》立《りつ》した男の肉が、パンティも穿いていない彼女の下腹にぶち当たっていっている。生身同然である。

「せ、先生……。あーっ、当たってきます」

かすれた声を漏らした彼女の下腹が、クネクネとうごめいた。

気持ちが悪いから逃げようとしているのか、それとも、剛直に勃起した男の肉の感触を、剝き出しになった股間で受けとめたいのか、よくわからない。彼女の気持ちがどちらを選択しようとしているのか判断するには、行動を次に移すしかない。

首筋のまわりにペタリとくっついている彼女の顔を、右手で支えあげた。明るい照明に照らされた顔面が浮きあがってきた。頰は真っ赤。それほど暑い季節でもないのに、鼻梁《びりょう》の両サイドや額に薄っすら汗を滲ませている。健康になった証拠ではないか。

問題は女の機能が、以前と同じように活発に働きはじめているかどうか、である。

龍平はそっと唇を合わせにいった。

一瞬、硬く閉じられていた彼女の瞼が、ピクリと上がった。潤んだ瞳をキラキラ光らせる。

「わたしがこんなに尊敬しております先生に、あーっ、キスをしていただくなんて、信じられません」

うっとりとささやいた彼女の瞼が、また静かに落ちた。

薄いルージュを施した唇が、半開きになる。小粒の歯並びは清潔そうだし、唇の隙間から漏れてくる息遣いに、病の異臭は嗅ぎとれない。食事のときに呑んだ日本酒の甘い香りが、ふわりと漂ってくる。

吹き漏れてくる息遣いを嗅ぎとるだけで、内臓の欠陥は完全に治癒されていると感じた。

唇同士の静かな接触は、時間の経過とともに粘り気が混じってきた。

「舌を出してください」

龍平はささやいた。また、彼女の瞼が細く開いた。嬉しそうな笑みを目尻に浮かせている。舌が出てきた。絡めた。すっかりやつれてしまったような体型なのに、粘ついてきた舌は肉厚に感じた。龍平は頰張った。彼女の舌がクネクネとうごめいた。

滲んでくる唾液を吸いとって、味わった。

甘い。べたつく味ではない。爽やかな味わいというのだろうか。彼女の唾を飲みこむたびに、男の肉が跳ねあがる。

「ああーっ、先生……！」

つま先立って彼女は、さらに強く股間を押しつけてきたのである。

彼女のウエストを抱きしめていた龍平の右手が、スルリとすべり落ちていって、柔らかく盛りあがる臀部の頂《いただき》を、すっぽり囲いこんだ。お臀の丸みを描く素肌は、手のひらが吸いとられていくように、なめらかだ。ツルツル、スベスベ……。

全盛期の大きさから比べると、いくらか小ぶりになったらしいが、さわり心地は抜群なのだ。

お臀の下辺に指を差しこみ、かかえ上げてみる。

小さくなったと嘆いているわりに、肉の厚みに揺るぎはない。ムッチリとした感触なのだ。

「とても気持ちのよい、さわり心地ですよ」

舌の絡まりをほどいて、龍平は褒め言葉を送った。お世辞じゃない。本心からの感想だ。

「先生、ねっ、もう少し、あの、奥のほうに手を入れてください。今、わたしのソコがどうなっているのか、先生のお言葉で教えていただきたいのです」

うんっ！　これは積極的な。

つま先立って寄りかかっているというのに、彼女は懸命に太腿を開き、お臀の割れ目までをも広げようとする。濡れているかどうかを、早く確認してほしいという恰好である。

何事でも所望《しょもう》されたら、断ることのできない性格だった。

肉の割れ目の稜線から、中指と人差し指の腹をすべり落とした。ああーっ……！　叫んだ彼女の唇が、ふたたび狂おしくかぶさってきた。舌を引きちぎる勢いで吸ってくる。

舌の絡まりを彼女に任せて龍平は、二本の指を割れ目の奥に潜らせ、さすってみた。ややっ！　生温かいネットリ感が充満しているのだ。そこはアナルの近辺であるが、膣奥から滲み出てきたバルトリン氏腺液は、会陰《えいん》を渡って、アナルまで流れてきている。

(濡れているかどうかなど、自分でわかるはずなのに)

あっ、そうか……。いろんな理屈をこねて、この女性は男の指を感じたかったに違いない。なにしろ十カ月もの長期にわたっての闘病生活は、男っ気なしであったのだから、体調の回復と同時に逞しい男の愛撫を欲するのが、普通の女性の神経である。

本復はすぐそこにある。龍平は確信した。それでも……、

「まだ、それほど濡れていませんね」

アナル付近に指を這わせながら、龍平はすっ呆《とぼ》けた。

「えっ、まだ、乾いているのですか」

「そのようですね」

「だって、先生……、さっきから先生の太くて硬いお肉が、あん、わたしの割れ目に当たって、クネクネしているんですよ。感じているんです。気持ちいいんです。それなのに、わたしのソコがカサカサに乾いているなんて……。信じられません。先生はウソをおっしゃっています。もう、ヌルヌルになっているはずです」

彼女は必死に抗弁する。

「そうですかね。わかりました。それじゃ、目で確かめてみましょうか。さあ、仰向けになって寝てもらいましょう。そうだ、そこにテーブルがあります。その

上で……」

龍平は、部屋の真ん中に置かれている大ぶりの座敷用テーブルを指差した。長身の女性ではあるが、仰向けに寝るくらいのスペースは充分ある。

彼女はテーブルに目を向けた。

(これは卑猥なことになりそうだ)

龍平は一人でニヤついた。着ているものはシースルーのシュミーズとブラジャーのみ。下半身は丸出しだった。テーブルに仰臥させ、膝を折らせて太腿を開かせたら、妖しき女体観音像は剝き出しになる。いじる、さわる、舐めるは自由自在になるのだ。素っ裸にするより、ずっと猥らしい。

「先生は、ほんとうにエッチなお人……」

テーブルを見おろしながら彼女は、かすれた声で言った。

おそらく彼女も、自分がどのような恰好になってテーブルに寝るのか、はっきり想像したのだろう。

「ぼくの役目は、女性の快楽をすっかり忘れてしまった美しい女性に、ふたたび官能の熱い火を燃えさからせることでしょう。そのためには、いろいろ細工しなければならないときもあるんです」

「だって、あん、先生、わたしはパンティも脱がされてしまったんですよ」

「そんなこと、わかっています。ぼくだってブリーフ一枚です。二人は先ほどから甘い接吻をして、ぼくの肉はかなり膨張していますが、北浜さん……、いや、純子さんの肉体になんの変化もなかったら、ぼくはとても寂しくなるでしょう。ぼくの気持ちもわかってくれませんか」

「いいえ、それは先生の言いがかりです。わたしの気持ちも普通じゃありません。でも、わたしの軀がちゃんと反応してくれているのか、それが心配なんです。……わかりました。わたしの軀が、今どうなっているのか、先生の目でしっかりご覧になってください」

おおっ！　龍平は思わず、彼女の行動を追った。

四つん這いになってテーブルに乗るなり、仰向けに寝ようとしたのだ。シュミーズの裾がめくれ、とても艶やかなまん丸なお臀が丸出しになる。

男の肉がまたしても鋭く反応した。

亀頭がビビッと奮《ふる》い立ち、生温かい先漏れの粘液が滲み出てきて、ブリーフに染みついていく。

もう少しの間、四つん這いのままでいてほしいと願っていたのに、彼女はテーブルの上でグルンと反転し、考えていたとおり、膝を立てた。龍平はすぐさま彼女の足元に躯を移して、膝立ちになった。

これは、これは！　半開きになった太腿の隙間の奥に覗いてくる肉の寄せ集めが、艶めいて見えた。柔らかそうな肉が、粘ついているようなのだ。

正しくチェックするには、股間の幅が狭すぎる。

「純子さん、思いきって、太腿を開いてください。開き方が中途半端で、肝心の部分がよく見えないんですよ」

龍平は欲張った。

「あーっ、わたし、急に恥ずかしくなってきました。先生の前でお股を開くなんて……。だって、パンティも穿いていないんですよ」

「問題は純子さんのヴァギナ付近が濡れているかどうか……、でしょう。パンティなど必要ありません」

「そ、それでは、あの……、わたし、覚悟を決めました。先生のおっしゃるとおり、足を開きます。でも、下品な恰好だ……、なんて、軽蔑《けいべつ》しないでくださいね」

うーん、これは大胆な！

折れた膝の裏側を両手で支えこむなり、彼女は両方の太腿をぐぐっと迫りあげたのである。短いシュミーズなど、なんの役にも立たず、彼女の下半身はほぼでんぐり返しになって、無残にもさらしものになった。

が、見る側としてはこれほど刺激的なポーズはない。

しかも、それだけでは物足りないと、彼女はさらに太腿を左右に押し開いた。薄毛のみの肉の斜面は剝き出しになり、二枚の肉畝……、すなわち大陰唇がムクリと盛りあがった。

龍平はテーブルに乗って、見おろした。

見ようによっては、その部位の形状は幼女の如き……。が、赤茶に色づいた大陰唇の盛りあがりは、男の欲望を激しく焚《た》きつけてくるし、縦に切れこむ肉筋は、ペロリと舐めたくなる色彩を放ってくるのだ。

うーん、なるほど！　龍平は合点した。

縦筋の突端から、ちょっぴり顔を覗かせているクリトリスは、小指の先っぽほどの大きさに膨張して、ヒクヒクとうごめいているのだった。これだけ突出していたら、立っていても、恥丘の下辺に切れこむ肉筋からも、はっきり見えてしまうのは当たり前だ。

「ねっ、先生、あーっ、わたしのソコ、どうなっていますか。まだ乾燥していたら、わたし、お股を閉じてしまいます。だって、こんなに恥ずかしい恰好になりながら全然濡れてこないなんて、わたしの病気が、ほんとうに回復していない証拠です」

濡れていないどころか、ヌルヌル、テラテラ……。

膣奥で醸造されたバルトリン氏腺液が溢れ出し、肉筋の真ん中あたりは、すでに収拾がつかないほど濡れている。

「中のほうがどうなっているのか、開いてみましょうか」

大真面目な口調で龍平は提案した。

「えっ、開くって、どこを、ですか」

仰向けに寝ながら、強く閉じられていた彼女の瞼が、パカッと開いた。

瞳の潤みは薄桃色に変化している。

「マ、ン、コの肉扉を、左右に開いてみましょう……、ということですよ」

「いやだ！　先生のエッチ！　わたしのソコの中身を、しっかり見ようとなさっているんですね」

「さっきからマ、ン、コの肉扉が、ピクピク震えているんです。開けてほしいとおねだりしているようですよ。ひょっとしたら、かなり濡れているのかもしれない」

「もしも、あん、中が濡れていたら、どうなさるつもりですか」

「美しい女性の粘液は、味わいも格別ですから、舌を埋めこんで、舐めとって、ゆっくり味わいながら、ゴクンと飲む……。男にとっては滋養剤にもなる貴重な粘液です。いかがですか。純子さんだって、ペロペロ舐められたら、気持ちよくなりそうでしょう」

「あーっ、先生はほんとうに猥らしい方。でも、約束ですよ。濡れていたら、きっと舐めてくださいね」

約束はできた。

ほぼでんぐり返しになっている彼女の淫部の前で構えなおし、龍平は左右の指先を、プクッと膨れている二枚の肉畝に添えた。

うーん、熱っぽい。溢れ出てきた粘液で、指先がすべる。それでも龍平は用心深く指先を使い、キュッと押さえつけてみた。指の先がムニュッと埋まっていくほど柔らかい。温めた生ゴムをいじっているような感触でもある。

彼女の頬がプッと膨らんだ。

刺激に耐えているふうだ。

肉畝に添えた指先で、ヤワ肉を左右に押し開く。

ややっ！　内側に埋まっていた小陰唇は、その縁まわりを赤黒く染めているのだが、粘膜のビラビラは、意外なほど薄かった。それだけになおさらのこと、楕円形に開いた小陰唇の内側に溢れ出てきた粘膜の、鮮やかなピンク色に目を奪われていく。

柴田のおばちゃんの話では、三十路をすぎている年齢のようだったが、穢《けが》れがない……、とでも表現すればよいのだろうか。

突端で突起するクリトリスは包皮をかぶったままだが、ひっきりなしにうごめき、タコの吸盤に似た尿道口や、透明のセロファンをかぶせたような膣前庭、そして、小さな空洞をえぐる膣口は、すべて、ネバネバ、ツヤツヤに艶めいているのだった。

風邪が元でこじらせた肺炎や腎炎の被害は、どうやら、鮮やかなピンクに染まるマ、ン、コまで波及しなかったらしい。それほど、色彩、形状は健康的な艶を放ってきている。

「純子さん、素晴らしい形ですよ。濡れていないどころか、裂け目の内部はピンクの花園ですね。うーん、これは猥らしい。奥のほうから滲んでくる蜜液は泡状になって、ピンクの襞《ひだ》をピカピカ光らせています。それに、とても粘っこそうで、舌で舐めると糸を引きそうだ」

「それでは、先生……、あの、わたしの躯はほんとうに回復していたんですね。これも、あん、先生の句集を拝見して、何度も読みなおした結果です。だって、先生の俳句はわたしに生きる悦びを与えてくださったのですから」

愛おしさがつのった。

俳句の優劣はどうであれ、病に苦しんだ一人の女性を救い出したことは間違いなさそうだ。ならば、心身ともに回復した悦びを実感させてやるのが、自分の最後の務めであろうと、龍平は気張った。

「純子さんの膣奥からは、おびただしい粘液が滲んでいますが、その粘液が甘いのか、少し苦いのか、ぼくの舌で確かめてみましょうか」

いい加減なことを口走って龍平は、でんぐり返しになっている彼女の股間に顔を伏せた。そして楕円形に開いたピンクの園に舌先を差しこみ、ヌルッと舐めとった。

「ウギャーッ！」

龍平の耳には、そう聞こえた。嬌声と同時に彼女は、でんぐり返しになった股間を突き上げ、左右に開いたつま先をバタつかせた。感度も充分回復しているらしい。再度、舌を遣《つか》う。ピンクの園の内側を、丹念に舐めていく。複雑に入り組むピンクの襞が、舌の動きに合わせ、ひくつく。

泡状になった粘液が、舌先に粘りついてくる。

(甘いような、ちょっと酸っぱいような)

だが、粘り気は充分で、舌先で糸を引く。

「せ、先生……！　き、気持ちいいんです。あーっ、中のほうから、熱いなにかが吹きあがってくる感じもして……。ねっ、わたしの軀はどうなってしまうんですか」

「もう心配なさそうですね。あとは膨張した男性器を、ちゃんと受け入れることができるか、どうかでしょう。一年近くも男性と接触していなかった軀ですから、膣口が収縮してしまって、挿入を拒否するかもしれません。激しい痛みを伴うことも考えられますしね」

「えっ、痛い……？　ほんとうですか」

「舌は柔らかいから、舐められれば気持ちよくなるかもしれませんが、膨張した男性器は、かなり硬いし、長さもあるでしょう。うまく迎えいれることができるか、どうか……」

龍平は精いっぱい脅かした。

肉の湾からこぼれてきそうなほど、おびただしい蜜液を溜めているのだ。挿入不可能など考えられないが、フィニッシュを迎えるに当たって、この気持ちよさそうな膣内に、ズブズブッと埋めこんでみたいのが、男の正直な欲望である。

「だったら、あーっ、先生が試してくだされればよろしいことでしょう。さっき、パンツを拝見したとき、びっくりするほど膨らんでいました。大きいんでしょう。ですから、先生の、あの……、男性器を気持ちよくお迎えすることができたら、もう心配ありません。わたし、自信を持って東京に帰ることができます」

理屈がとおっている。

長さは標準的であるが、直径は三センチほどで、台湾バナナの如き反り身は半《はん》端《ぱ》ではない。しかも持続力抜群に仕上がっているから、女性が馴染んでくるまで、じっくり耐える自信もある。

「やってみますか」

彼女の股間から口を離して、龍平は問いなおした。

言葉尻が卑猥になってくる。

「あっ、はい。ぜひ、お願いします。ああん、そうだわ。先生をお待ちしているのに、シュミーズやブラを着けているなんて、失礼です。わたし、全部脱ぎます。なにも着けていないわたしを抱いてほしいのです」

テーブルの上で仰向けになっていた純子の上半身が、ガバッと跳ね起きた。シュミーズのストラップを乱暴な手つきで腕から抜く。矢継ぎ早に、ブラジャーのホックもはずした。

へーっ、立派なものだ！　ふたつのカップがはらりと剝がれていって、ムックリと顔を出してきた乳房は、美しい弧を描くお椀型であった。まん丸。白い盛りあがりの頂を彩る乳暈《にゅううん》は、薄いピンク。女性の昂奮を証明する乳首は、朱に染まっているのだった。

（どこが萎んでいるのだ？）

龍平は食い入った。

ほんものの貧乳女性に見せたら、妬《ねた》まれるだけだろう。それほど魅力的なたわみを描いている。

「きれいですよ。むしゃぶりつきたくなるようなおっぱいです」

褒め言葉を紡《つむ》ぎながら、龍平はたった一枚残ったブリーフを、一気にずり下げた。あっ、それっ！　純子の声がかすれて飛んでいった。ブリーフのゴムを弾いて飛び出した男の肉は、先走りの粘液にまみれ、張りつめた亀頭をヌルヌルに汚していたのである。

「純子さん、さあ、やってみましょう。もし苦痛を伴うようでしたら、正直に言ってください。すぐに抜かないと、膣《なか》の柔らかい肉を傷つけるかもしれない」

「いいえ、苦痛なんて、とんでもありません。わたしだって、それなりの経験をしてきた女です。先生が入ってきてくださったとき、どんな気持ちになるのか、だいたいわかります。嬉しい……、ほんとうに、わたしの膣《なか》に入ってきてくださるんですね」

ややっ！　驚いた。

言葉の終わらないうちに彼女は、すべてをさらして仰臥した。お椀型の乳房を大きく波打たせ、そして男の肉を根こそぎ迎えようと、股間を全開にしたのだ。ふたたび大陰唇が左右に裂けて、ピンクの肉園が、パカッと扉を開いたのだ。早く入ってきてくださいという、無言の催促である。

龍平は真上から覆いかぶさった。

彼女の両手が首筋に巻きついてきた。大膨張した肉幹が薄毛の萌える股間の丘に押しつぶされた。龍平は腰を遣って亀頭を動かし、肉の斜面にすべり落とす。

「ううっ……！」

うめき声を漏らした純子の唇を、塞ぎにいく。

二人の舌がネバネバと絡みあったのと、肉の裂け目を押しのけるようにして、亀頭が埋没していったのが、ほぼ同時だった。ズボッ、ズブッ、ネチャ……、卑猥な摩擦音が響く。

彼女の腰が突きあがってくる。

根元まで飲みこもうとする股間のうねりだ。下半身のうごめきが激しくなるにつれ、彼女の息遣いも荒くなってくる。龍平は彼女の背中とお臀を抱きくるめ、彼女の軀をできるだけ固定しながら、抜き挿しの回転をコントロールする。回転が速ければよいというものでもないし、遅すぎてはだらけてしまう可能性もあるからだ。

「せ、先生……、素敵です。あーっ、先生をお迎えしているところが、あん、蕩《とろ》けていくみたいに、気持ちいいんです」

強く絡まっていた舌をゆるめ、純子は喘《あえ》ぐような声を漏らした。

「ぼくも同じ気分ですよ。奥のほうまで埋めていくと、とても温かくなってくるし、ぼくの肉を優しくくるんできますね。いろんな形をした柔らかい肉に取り囲まれて、圧迫されていく感じは最高ですよ」

「それじゃ、先生も気持ちよくなってくださっているんですね」

「もちろんです。純子さんだって、痛くないんでしょう」

「は、はい。先生のお肉が、わたしのお肉を押しこねてくるんですが、先生が腰を引かれると、中のお肉が全部掻き出されていくような感じになって……、ああん、頭が真っ白になって、軀が浮きあがっていくの」

わずかに瞼を開いた瞳はトロンとして、焦点があっていない。

が、男の肉を根元までくわえ込んだ膣道は、ひっきりなしの蠕動《ぜんどう》を繰りかえし、さらに濃密な粘液を吹き漏らしてくるのだ。

挿入して五分ほど……。

龍平は腰を遣いながら首筋を屈め、乳房に唇を当てた。

「あっ、あっ、あっ……。いい、いいの。もっと強く……、吸って」

切れ切れの声を漏らした彼女の腰遣いに、一段と激しい動きが加わった。

唇で乳首を挟み、つつっと吸う。硬くしこった乳首は乳暈から千切れそうなほど伸びた。が、痛がる様子もない。いや、それどころか、膣道の奥深くに埋まった男の肉を、キュッキュと締めつけてくるのだ。

いきなり彼女の両足が高く掲げられ、腰に巻きついてきた。

そのぶん、挿入感が深くなる。亀頭の先端になにかが当たった。ヌルッと感じる平べったい粘膜のような。

「先生、あーっ、先生、そ、そこです。突いて。いくわ。いってもいいんでしょう。いや、先生も一緒に」

首筋を仰け反らし、呼吸を荒くし、股間を突き上げ、純子は絶叫した。

十カ月間の闘病生活は過酷であっただろうが、女としての生命力は立派に維持していたのである。恥じらいのない彼女の歓喜の声を耳にしたとき、龍平は確信した。

が、彼女の喘ぎ姿を、のんびりと観察している余裕がなくなってくる。

股間に奔《はし》る熱気は、吐射の兆《きざ》しを肉筒の根元に迸《ほとばし》らせ、ビクビクと亀頭を跳ね上げる。

「純子さん、そろそろですよ。一緒に昇りつめましょう」

「先生、わたしの膣《なか》に出してくださるんですね。嬉しい。いっぱいよ。溢れるほど、先生がほしくなりました」

二人の唇がふたたびペタリと重なった。舌がもつれ合う。胸板につぶれた乳房から激しい心臓の鼓動が伝わってくる。

「純子さん、いきますよ。いいですか。全部……、そう、ぼくを受けとめてください」

龍平の声が上ずった。

瞬間、肉筒の根元を弾いて大量の濁液が、肉筒の真ん中を閃光の勢いで突っ走った。受けとめる純子の襞が、ビクビクッと痙攣するのを感じたとき、龍平はだらしなくも、一瞬、気を失った。

何秒か、いや、何分かして、耳元に小さな声を聞いて、龍平はハッと覚醒した。

「先生、あの……、お粗末ですが、今、一句浮かんだのです。聞いてくださいますか」

龍平はまばたきをして、必死に聞き耳を立てた。

「聞かせてください」

目尻に、それはかわいらしい笑みを浮かべ、純子は恥ずかしそうに爪を嚙んだ。

「春の闇　よみがえりゆく　爪を嚙む……。今のわたしはとっても幸せです。長い入院生活が終わって退院したときよりも。だって、今夜がわたしのほんとうの快気祝いなんですもの」

とても自然に、龍平の両手は全裸の純子を、ヒッシと抱きしめていた。

第三章　死ぬほど愛して

『道の駅　くまの』の駅長室で、松ヶ崎龍平は起きぬけから非常に不愉快な気分に陥っている。寝不足も手伝って、目覚まし用のコーヒーをがぶ飲みするのだが、目はしっかり開いてくれないし、昨日の夜の深酒がたたって、不快な頭痛に悩まされているのだ。

(なんで風邪なんか引くんだよ)

コーヒーカップに向かって八つ当たりする。

今朝の六時半、携帯電話の呼び出し音で、ぼんやり目が覚めた。連絡をしてきたのは、龍平の実家である明安寺の坊守《ぼうもり》……、すなわち、龍平の実母である貴子《たかこ》からだった。すでに七十一歳という高齢なのに、矍鑠《かくしやく》として、声がバカでかい。電話で話をしていても、ときどき耳が痛くなる。

「住職さまが昨日の夜中から発熱なさって、臥《ふ》せっておられるんですよ。だから住職さまの代理として、柴田《しばた》さまの法事に行ってくれないかね」

長年連れ添った夫……、すなわち、龍平の実父である松ヶ崎礼栄《れいえい》和尚のことを、母親は住職さまと呼ぶ。このあたりの意識は、坊守としての認識をしっかり身につけている証拠である。

「おれが法事に……？」

寝不足と二日酔いの不快感から抜けきらなくて、龍平は明らかに不満の声を返した。住職が多忙であるとか病気の折に、ときどき住職の代理として法事などに参列することはあるが、いまだかつて真面目にお経を唱《とな》えたこともないから、仏前に座ってもお経の内容を忘れることがあった。

ようするにしっかり暗記していないのだ。

冷や汗ものだが、忘れた部分ははしょって唱えるものだから、住職のお経より短時間で終わると、若いご遺族からは歓迎されることもある。歓迎されるか否かは別問題として、住職が風邪を引いて臥せっているとなると、無碍《むげ》に断るわけにはいかなかった。

住職は今年七十八歳の高齢を迎えているが、明安寺の跡継ぎを一年でも長く先延ばしにしたい龍平にしてみると、父親の身を案じ、いやいやでも住職代理の役目を果たさなければならなかった。

「で、柴田さんのお宅は、どこ？」

「那智大社《なちたいしや》さまのすぐ近くだよ」

車で走ったら三十分弱の距離である。しょうがない、行くしかないんだ……。

龍平はすっかりあきらめて、さらにもう一杯、濃いめの目覚ましコーヒーを飲んだのだが。


新米坊主でも、坊主としての身なりは一人前にして式場に伺うのが礼儀である。切袴《きりばかま》の上に色衣《しきえ》をはおり、さらに五条袈裟《ごじようげさ》をかぶる。五条袈裟はエプロンのようなものである。ソックスなど穿いてはいけない。もちろん白足袋《しろたび》で、右手には中啓《ちゆうけい》、左手には双輪念珠《ふたわねんじゆ》を下げる。

中啓は扇子《せんす》のようなもので、双輪念珠は数珠《じゆず》である。

馬子《まご》にも衣装……、とは、よく言った喩《たと》えである。僧侶の衣装をまとってみると、風格のある坊さまらしい男になるから不思議である。一八十センチ近い長身が威風を付け加えるのか。

坊さまスタイルで龍平が唯一気にいっているのは、切袴の下に着用するサラシで作った下帯《したおび》である。わかりやすく言うと、純和風下着のフンドシである。ブリーフは穿かない。風通しがいいのだ。

とくに蒸し暑い季節は、長時間座っていると、股間が蒸れてきたりする。その点、下帯は蒸れを防いでくれる。

母親に道順を聞いて柴田家に到着したのは、午前十時半だった。もちろんマイカーを運転して、だ。龍平のマイカーは五年月賦で買ったスポーツタイプのヨーロッパ車で、門徒衆《もんとしゅう》の間では評判がよかった。

お通夜や法事などのお悔やみごとは、どうしても陰気臭くなるのだが、真っ赤なスポーツカーで乗りつけるものだから、暗い雰囲気がパッと明るくなるのだと。華《はな》やかな色彩を嫌う門徒衆のお宅に伺うときは、坊守がこっそり教えてくれて、タクシーを利用する。

四年前に亡くなった柴田淳一《じゅんいち》氏は、享年五十四歳。那智勝浦《かつうら》界隈では有数の資産家で、膨大な土地を所有している。三回忌の法要が営まれる柴田家の門前に到着して、龍平はびっくり仰天した。

三階建ての豪邸は、建坪が二百坪もありそうで、白壁に囲まれた敷地内には、松、杉、梅、桜などの巨木が整然と植えつけられているのだ。それでも龍平は気《き》後《おく》れすることなく、大きく開かれた玄関先に立った。ほぼ同時に、廊下の奥から小走りに出てきた喪服姿の女性が、恭《うやうや》しく腰を折り、

「わざわざのお出まし、ありがとうございます」

と、挨拶した。

おそらく柴田淳一氏のお嬢さんであろうと、龍平は察した。

挨拶が終わって、ひょいと顔を上げた女性の眼《まなこ》が、急にまん丸に見開いた。そして、しげしげと見つめてくるのだ。はて……？　どこかで見た顔だ。龍平も見かえした。

なかなかの美形である。

三回忌の法要であるから、遺族の悲しみはすでに消えているから、悲しみの涙などない。ほとんどノーメイクであるが、薄っすらと施したピンクのルージュは愛らしく、漆黒のロングヘアが小さな顔と上品にマッチして、コケティッシュな美貌を作りあげている。

「いやだっ！　駅長さんでしょう！」

いきなり彼女は素《す》っ頓狂《とんきょう》な声を張りあげた。

法事に伺って、駅長さん！　と叫ばれたのは初めてのことだった。

「どこぞで、お会いしましたかな」

大声に気おされたが、龍平はのんびりと問いかえした。

「忘れられてしまったんですね。ほら、去年の暮れ、道の駅でお節料理が販売されるとお聞きして、伺ったんですよ。勝浦の近海で獲れるお魚のお刺身やカマボコ料理がメインのお節料理と聞いて、わたし、見にいったんです」

「そんなことがありましたな」

確かに、大勢のお客さんがいらっしゃった。

インターネットで宣伝したものだから、遠く三重県や奈良県などから来てくれたお客もいて、大いに賑わった。お節料理販売を仕切ったのは、もちろん駅長である龍平の仕事だったが、あまりにも大勢のお客が来てくれたものだから、一人ひとりの顔など、覚えていない。

「わたし、知りませんでした。駅長さんが明安寺の住職さまだった、なんて……」

洋装の喪服を着用した女性は、白足袋のつま先をすべらせて、半歩近づいてきたのである。

近場で見ると、ほっそりとした首筋や、喪服の袖から出ている上腕の、肌理《きめ》の細かな素肌は、うっとり見つめてしまうほどなめらかなのだ。

「本来、わたしの父親である礼栄住職がお伺いする予定でしたが、昨夜より高熱を発し、床に臥せってしまいまして、非礼とは思いながら、息子である拙僧がお伺いしたというわけであります。ちなみに拙僧の法名は、栄念でございます。今後ともよろしくおみしりおきくださいますよう、お願い申しあげます」

恭《うやうや》しく口上を述べ、龍平は手にしていた双輪念珠を両手の指で揉んだ。

龍平の挙動をじっと見守っていた女性が、急に、グフッと笑って、笑い声を殺すかのようにピンクのルージュを施した唇を手のひらで塞いだ。なにか不始末を犯したのかと、つい、龍平は自分の身なりを点検した。

袈裟にシミが浮いているわけもなし……。

「どうされました」

三回忌の法要にしては、明るすぎる笑いに龍平はややムッとして聞きなおした。よく見れば彼女の双眸《そうぼう》からは、大粒の涙が溢れてきて、手の甲で拭《ぬぐ》うのだった。

「だって、あなたは道の駅の駅長さんでしょう。駅長さんが有名なお寺の住職さまの息子さんだなんて、信じられません。それに、大真面目なお顔をなさって」

古刹の跡取り息子が、なぜ道の駅の駅長を務めているのか、理由を説明するにはそれなりの時間がかかる。

「信じていただくことができなかったら、明安寺に電話をしていただけませんか。拙僧の実母は坊守をやっておりまして、礼栄住職の代わりに栄念坊主が伺った理由を正しく説明してくれるはずですが」

龍平はいくらか反抗的に言葉を継いだ。少なからず、腹を立てている。そして、色衣の袂《たもと》に入れておいた携帯電話を取り出し、寺に連絡を取ろうとした。

「ごめんなさい。あの……、駅長さん、いえ、お坊さまのことを疑っているわけじゃないんですよ。だって、びっくりするでしょう。道の駅の駅長さんが袈裟をお召しになって、わたしはお坊さんです、なんて、言われたら……。そうだわ、とりあえず応接間にお入りになってください。お念仏をあげていただくのは、もっとあとでよろしいんです」

うんっ！　思わず龍平は身構えた。

喪服女性の手がいきなり伸びてきて、龍平の手首をつかんできたからだ。そして、グイグイと引っぱった。応接室に案内しようとしているらしいのだが、坊さまを案内するしぐさにしては、あまりにもなれなれしい。

案内された応接室は、でかい屋敷のわりに小さな部屋だった。せいぜい八畳ほどの洋間なのだが、置かれている調度品のすべてが北欧調のブランド物だった。

どうぞお座りになってください……。マジな口調で女はソファを勧めてきたのだが、目は嗤《わら》っている。

（おれはナメられている）

龍平はそう思った。この女性にしてみると、歴史を誇るお寺の後継坊さまというよりは、道の駅を差配する、ひょうきん駅長さんというイメージのほうが強いようだ。

故人を偲《しの》ぶ三回忌であるという雰囲気は、さらさらない。

あれっ、ところで、この女性は誰……？　故人の娘さんらしいが、正体は不明なのだ。

向かいあったソファに腰を下ろして龍平は、ふとした疑問にぶち当たった。名前も知らない。去年の暮れ、道の駅の特売会で顔を合わせたらしいが、記憶はほとんどなかったのだから。

「ぶしつけな質問ですが、お嬢さんはどなたでしたかな」

袈裟をかぶっているとき、龍平の言葉遣いはどうしてもジジ臭くなる。袈裟から抹香臭さが消えてくれないせいもある。

グフッ……。またしても彼女は声を殺して、忍び嗤った。いや、鼻先で嗤ったようだ。噛い顔は幼いのだが、黒の喪服姿はなかなか艶《なま》めかしい。短めのスカートの裾からはみ出る膝は、ブラックのストッキングに包まれているせいで、妙に色っぽい。

「ご挨拶が遅れて、申しわけありませんでした。わたし、亡くなった柴田淳一の娘で、柴田あや子と申します」

「ほーっ、お嬢さまでしたか」

「いやだわ、お嬢さまだなんて。これでも結婚しているんですよ。結婚して五年半経ちます。ですから、もう、いいおばさんでしょう」

「いや、おばさんには見えません。お歳はせいぜい二十四、五……」

「駅長さん……、いえ、お坊さまはお口がお上手ですこと。もう二十八になりました。子供も一人おります」

「ええっ、では、お子さまもいらっしゃる奥さまでしたか。うーん、それにしても、ご主人がうらやましい。これほど美しい女性を娶《めと》られたとは……」

そこまで言って龍平は、またふと首を傾《かし》げた。

この屋敷の主《あるじ》である柴田淳一氏が亡くなったのは四年前である。死因は急性の心筋梗塞だったとか。五十四歳の若さであったから、過激な運動、労働、あるいは深酒が原因だったと考えられる。

目の前に座る奥さんは確かに、柴田あや子と名乗ったのだ。

だとするとこの女性は婿養子を取ったのか。苗字が変わっていないのだから、そうとしか考えられない。

「お気づきになりましたか？　主人は、婿です」

若い奥さんは、こそっと恥ずかしそうに言った。だとすると旦那は、典型的な逆玉である。この豪壮なる邸宅は婿さん名義になるのだろうし、故人がなんらかの事業をやっていたとすると、それらはすべて婿さんが引き継ぐことになる。お寺を相続するより、よほどうらやましい。

莫大な実利を伴うのだ。

「主人は亡くなった父の会社に、大学を卒業してすぐに入社して、父には信用されていたようです」

「なるほど。するとお父上は、子飼いの社員をお嬢さんのお婿さんに迎えようと考えられたのですね」

「仕事だけではなく、お酒の相手までも……」

「ほーっ、プライベートな付き合いもなさっていた……？」

「はい。主人は……、あの、大した遊び人だったようで、父に何人かの女の人を紹介したらしいんです」

「ええっ、女性を……？」

「はい。父はまだ五十代の前半でしたから、母以外の女性と遊びたかったのでしょう。父の気持ちは娘のわたしにも、よくわかるんです。だって、母はとても生真面目な人で、男性の遊び心に理解がありませんでしたから」

そこまで聞いて龍平は、疑問を解消した。

そうか！　この女性のお婿さんはお節介にも、義理の父親に人身御供《ひとみごくう》を差し出したのである。遊び人のまわりには、魅惑的な女性が集まってくる。そのうちの一人を、こっそり提供したりして。

うんっ！　これは危ない話題だ！

亡くなった淳一氏はセクシー女体に溺れ、心臓発作を誘発した。考えられないことではない。淳一氏には、これといった持病はなかったと聞いていたからだ。

「こんなことをお聞きすると、お嬢さまはお気を悪くされるかもしれませんが、お父上が亡くなったのは、ご自宅ではなかったのでは？」

三回忌を迎える故人の死因を、今ごろなって聞き出すことは、死者に対する冒《ぼう》涜《とく》かもしれないが、龍平をついロをすべらせた。

「おわかりになりましたか」

目の前に座る女性は、急に静かな口調になって答えた。父親を偲んでいる様子である。

「男の人生は、どこかで狂うことがあります。こういう推測を奥さまにお聞かせすることとは、とても心苦しいのですが、ご主人がお父上に推薦した女性が、この上なき美麗なる容姿だったとすると、お父上の身体に、なんらかの影響を与えたということは、充分考えられることです、ので」

「母には極秘にしておりましたが、父はある女性のお宅で亡くなったのです。世間で言われております、腹上死だったようです」

「そうでしたか……。坊主のわたしが申しあげるべき話ではありませんが、ある意味、腹上死は男の夢のようなところもありまして」

「えっ、男の夢……？」

「そうです。ようするに、美しい女性と交接している最中に、男の快感、悦《よろこ》びが絶頂に達し、その結果、心臓に強度の付加がかかり、悶絶する……、という図式が成りたつのですから、男冥利に尽きますでしょう」

龍平の言葉を聞いて、夫人の上体が前のめりになった。

興味津々といった様子で。

「あの、変なことをお聞きしますが、女にも腹上死があるのでしょうか」

玄関先で対面したときの、お茶目な表情はすっかり消え、至って真剣な眼差しになっているのだ。

が、突然問われて、龍平は返事に窮した。腹上死は男の専売特許のように喧伝《けんでん》されていて、今だかつて、女性が腹上死したという話は、噂にも聞いたことがなかった。よく考えてみると、性行為のフィニッシュは正常位が一般的で、そのとき女性は、ほとんど男の腹の下に組み伏せられている。

だから昂ぶりが高じて心臓発作を起こしても、それは腹上とは言わず、腹下と表現するのが妥当と思えてくるのだ。

が、魅力的な奥さんは結婚五年半を迎えているというのに、非常にノーマルな夫婦生活を送っているようで、腹下死の危機に瀕《ひん》したことは一度もなかったのだろう。

「心臓が暴発するほどの昂奮を、まぐわいの最中に、奥さまは味わったことがありませんか」

おれはこの家に、いったいなにをしに来たのだろうかという、わずかな疑問をいだきながらも、龍平は核心にふれる質問を発した。

「お坊さま……、あの、そのことって、それほどエキサイトするものなのでしょうか。そのことって、それはセックスのことでしょうが、わたしにはよくわかりません」

「しかしですね、お子さまがいらっしゃるのですから、たとえお婿さんであっても、性行為はなさっている証拠でしょう」

「だって、死ぬような昂奮に至らなくても、妊娠はします。そうでしょう。あの……、主人との夫婦生活は、なんと言いますか、お互いに義務感でやっているようなところもありまして……。母親がうるさいんです。柴田家の跡取りを早くつくりなさい、と」

なるほど……。龍平はなんとなく理解した。

この女性の母親は、莫大なる遺産を婿養子などにやりたくない。だから一刻も早く孫を生ませ、正当なる後継者をつくりたいのだろう。わからないでもない。

「正直なことを申しあげて、この歳になりましても、拙僧《せっそう》はまだ女性の快楽の極みを肌で感じたことがないのです」

「えっ、お坊さまでもご存知ないのですか」

「坊さんであっても、拙僧は男の端くれで、己の快楽のみに溺れておりまして、女性の快楽まで目が行き届かなかった……、ということでしょうか」

「まあ、無責任な……」

「一人の日本男子として、この世に生を受けた以上、あの世に旅立つ前に、女性の性の快楽を見極める修行を積み重ねなければならないと、日々念じておりますが」

話はだんだん大げさになっていく。

坊さんにとっては、性行為も修行の一環と、妙な蘊蓄《うんちく》を垂れているのだから、聞いているほうがあきれて当然なのだが、美麗なる奥さんの目つきは次第に真剣になってくる。中身はいい加減なナマクラ坊主でも、色衣や五条袈裟をまとった仰々《ぎょうぎょう》しい僧侶ファッションが、悩める奥さんを威圧しているふうである。

「お坊さま……」

奥さんの声音《こわね》が急に沈んだ。そして応接間のドアに鋭い視線を投げた。人の気配を警戒しているらしい。

「どうされましたか」

龍平は鷹揚《おうよう》に答えた。

「お坊さまはたった今、女性の性の快楽を見極める修行を積み重ねるとおっしゃいましたでしょう」

「そのとおりでございます。僧侶は日々の行ないのすべてが、厳しい修行につながるのです。したがって、お粥の一杯をいただくことも、仏さまにお礼を申しあげ、ありがたく頂戴することを旨《むね》としております」

言葉にしてから龍平は腹の中で、ペロッと舌を出した。ほんまかいな！　と。母親が作ってくれるお粥など、この数年、食《しょく》したことがない。ありがたくいただくのは、脂《あぶら》のしたたるステーキか焼き肉で、精進料理など目もくれない。

「お坊さま、あの……、わたしはお坊さまのお食事のことをお聞きしているのではございません。女性の性の快楽を見極める修行を、ほんとうになさるおつもりなのか、どうか……、そのことをお聞きしたいのです」

「もちろんでございます。万が一にも、そのような幸運に恵まれましたら、拙僧は己の命にかけても修行に邁進《まいしん》する覚悟は、いつも心に備えております」

あっ、これっ！　手にしていた中啓を落としかけた。

前のソファから、音もなくヒラリと身を起こした奥さんが、いきなり真横に腰を下ろして二の腕にすがり付いてきたからだ。その身のこなしの素早さ！　あきれるばかりだ。

「お坊さま……、ああん、栄念さまはこれから修行を積んでいかれるとき、わたしが相手でも命をかけてやってくださるのでしょうか」

大真面目に問われたことより気になったのは、二の腕にくっついてきた奥さんの胸がピタリと重なってきて、それは豊かに実っていそうな乳房の膨らみが、モロに当たってきたことだった。

洋装の喪服の布地が薄いせいか、乳房の輪郭がはっきり伝わってくる上に、ミニ丈のスカートがめくれ、ブラックのストッキングに包まれた太腿が、ニョッキリ飛び出してきたのである。

小顔のわりに、太腿の肉づきはムッチリとして……。坊さまらしくもなく、龍平はボーッと見とれた。さわり心地もよさそうである。

あまりの悩ましさに返事を忘れていた。

ああん、早くお答えになってください……。と甘くささやいた奥さんの胸が、二の腕の裏側をクネクネと押してくる。

「坊主の修行は何人《なんぴと》に対しても平等であることを旨としております。したがって、奥さま……、いや、あや子さんがお相手であるからといって、手抜きをすることなど、いっさいありませんぞ」

勢いに乗って口走ってしまったが、言葉を終えて龍平はつい、コクンと生唾を飲んだ。ひょっとすると、この麗しい人妻と一戦交える幸運が訪れるかもしれない……、と。

(あっ、なにをするんですか)

今は、真っ昼間。しかも柴田家を訪れたのはこの家の主だった柴田淳一氏の三回忌の法要のためだった。娘子《むすめご》と、明るい応接室でイチャツクことが目的ではなかったはずだ。

だが、奥さんの手はいきなり五条袈裟の上からではあるが、ふわりと股間にかぶさってきたのである。

「あや子さん、あわててはなりません。拙僧はお父上の三回忌の法要のため、お念仏を唱えさせていただくためにお伺いしたわけで、このような厳《おごそ》かな時間に、乳繰《ちちく》り合うような真似《まね》をなさってはいけません」

「いいえ、父はお妾さんと乳繰り合って……、いいえ、お乳じゃなくて、お妾さんのお股の奥をいじったり、舐めたりして、亡くなったのかもしれません。だったら、娘のわたしがお坊さまの厳しい修行のお手伝いをさせていただいても、なんら不都合なことはございませんでしょう」

（これはえらいことになってきた……）

龍平はいささかまごついた。

奥さんほど美麗なご婦人であれば、悦んでお相手をさせてもらうが、場所が悪い。この邸宅の中には、三回忌の法要を営むため、多数の客が招かれているはずだ。

そのような厳粛な式典の最中に、お嬢さん……、いや、婿養子さんの妻を相手に不倫の真似事をしてしまったら、由緒ある古刹の名折れになる。この場はなんとしても穏便《おんびん》に片付ける必要があった。

「あや子さんの、積極的なお気持ちはありがたいのですが、その……、少々の不具合がございます」

懸命に龍平は諭《さと》そうとした。

「あら、父の三回忌……、だからでしょうか。それとも、わたしのような女の相手はできない、とでも？」

「滅相もない。問題はこのような厳粛な場所で、その……、拙僧の軀が役に立つかどうか、心配になって参りまして」

「役に立つとか、立たないとか……、それはどのようなことでしょうか」

「簡単に申しあげますと、女性を愛《め》でるとき、男子たるもの、肉の如意棒《にょいぼう》が隆々といきり勃《た》つのが基本条件になりますが、果たして、このお部屋で、拙僧の言うことを聞いてくれるかどうか……、ということでございます」

「ああん、そんなこと、大したことではありません。いいわ、わたしも努力してみます。だって、どうしても栄念さまのお力をお借りして、ほんとうの女の悦びを体験したくなったのです。そうです、わたしが腹上死するほどの昂奮を味わってみたい、と」

　収まりがつかなくなってくる。

　剝き出しになった太腿をグイグイ寄せてくるし、股間にかぶせた手のひらを、モゴモゴ動かしてくるからだ。その上、喪服の襟《えり》ぐりが大きく広がってきて、白い肉の谷間が見えかくれする。

　うーん、これは目の毒だ。豊かに実った乳房を両サイドからカバーしているブラジャーは、どうやらシルク製で、カップの縁《ふち》にブラックのレースが施してあるようで、とても悩ましい。

己を抑えようとしても、ほんの少しずつ、股間に熱気が漲《みなぎ》ってきて、肉幹の根元がびくついてくるのだ。

やや乱れた前髪を指先ですきあげた奥さんの、媚《こび》を含んだ視線にねめられた。

「嬉しい……、栄念さま……」

奥さんの甘ったれた声が、耳たぶの縁に吹きかかった。奥さんの感情の高まりを表わしているのか、呼び方もお坊さまになったり、栄念さまになったり、忙しい。

これほど間近で、法名をささやかれたことはなかった。耳に非常にここちよい上に、奥さんの生温かい呼吸が、閃光の勢いで全身に飛び火していって、ふぐりまで、キューンと収縮した。

「なにが嬉しいのですか」

「いやーん、ごまかさないでください。わたしの手は今、とっても敏感になっているんですよ。ですからね、わたしの手のひらの下で、なにかが、ヒクヒク動いたのです。わたしだって人妻の身ですから、なにがうごめいたのか、そのくらいのこと、わかります」

これはいかん！　坊主としては、もっとも恥じらうべき肉の変化である。己の煩悩《ぼんのう》を軽々に他人さまに晒すことは、未熟の限りである、と。だが、一旦《いったん》行動を開始した肉幹を静止させることは、とてもできない。

「修行過程にある坊主にとって、あや子さんの妖しい胸元や、魅力的な太腿は、男の本能を揺さぶってくる魔性でありまして、恥ずかしながら平常心を失いかけております」

龍平は自分の気持ちを正直に吐露した。

大げさな五条袈裟を着ているものの、自分の軀の半分以上は道の駅の駅長で、男の本能のままに生きているのであるから。

「あん、そうしたら、少しくらい、わたしが女ということを認めてくださっているのですね」

「も、もちろんでございます。スカートの裾からはみ出しております太腿の内側に手を差しこむことができましたら、拙僧の肉幹は大爆発するでしょう」

「ええっ、大爆発って、あの……、わたしの太腿をさわっただけで栄念さまは、大事なアレを、ビュビュッと噴き出されてしまう、とか」

「滅相もない。拙僧の肉幹は非常に忍耐強く成長しておりまして、女子さまのお気持ちを充分に理解しながら、噴射のタイミングを見定めております……、と申しますか」

「ということは、あの、わたしが気持ちよくなるまで、待っててくださるんですね」

「それが男の責務。一人で勝手に済ませたことは、一度もありません」

「よかった……」

短いひと言を漏らした奥さんの手が、いきなり活発になった。

太腿の付け根やそけい部をまさぐり、徐々に活動を活発化させてくる肉幹を、ゆるゆると指で挟んだりしている。

（ちょっと待ちなさい）

きっちり止めたくなった。本格的に膨張したら、どうするのだ？　と。袈裟や色衣は比較的ゆったりと縫製されているから、外から目立つこともなかろうが、勃起させたまま、神妙にお経をあげたことはない。それでなくともお経を完全にマスターしているわけではないから、股間がびくついていては、ますますいい加減な読経になる。

「ねえ、栄念さま……、わたし、直接さわりたくなってきました。あーっ、だってさっきから、わたしの手をグイグイ持ち上げてくるんですよ。とっても力強く……。女だったら、さわってみたくなります」

奥さんの指の動きは、どんどんねちっこくなってくるのだ。笠を広げはじめた亀頭を柔らかく揉んだりして。

「しかし、あや子さん。拙僧にはこれから大切なお勤めがあるのです。あや子さんの悩ましい太腿を思い出しながらお経をあげるなどしたら、天罰が下ります」

「だったら、最後までやっていただいて、それからお念仏をあげてくださってもよろしいんですよ」

「ということは、この部屋で最後までやりましょう……、ということですかな」

あわてて龍平は室内を見まわした。

部屋の造りに問題はないし、大ぶりのソファがベッド代わりになってくれるだろう。だが、家人がお嬢さんを探しにくるという危険は、充分にある。ドアがパッと開かれたとき、二人が素っ裸で抱き合っていたりしたら、弁解のしようもないだろう。

「栄念さまはさっきおっしゃったでしょう。父は男の夢の中であの世に逝《い》ったのかもしれない、と」

「麗しい女性と接しているうち、あまりの心地よさに、心臓が暴発したのかもしれない、と」

「ですから、父の三回忌のお悔やみは、実の娘のわたしが、今まで経験もしたことのない女の悦びに浸ることなのです。ねっ、父に対する素敵なプレゼントでしょう。主人ではだめです。もうわたしたちは五年半も共に生活をしながら、あれもなくなり、刺激の少ない関係になっているんですよ。でも、お坊さまだったら……」

奥さんの指にいきなりかなりの力が加わり、半勃ち状態にまで成長した肉幹を、むんずと握ったのだ。

ううっ！　思わず龍平はうなった。

ついで奥さんの顔が伸びてきて、ブチュッと音を立てる勢いで唇を寄せてきた。奥さんの行動は素早く、積極的である。喪服のスカートをスルリとめくり上げるなり、ヒョイと股間に跨ってきて、龍平の首筋に両手を巻きつけてきたのである。

真正面から覆いかぶさるようにして、唇を重ねてきて、舌先をこじ入れてきた。ここまでされては、たとえ坊主であっても黙っているわけにはいかない。ヌルヌルと差しこまれてきた舌を吸いとりながら、太腿の根元を跨いで膝立ちになっている奥さんのお臀《しり》を、ぐいと抱きこんだ。

あっ！　と龍平は声をあげそうになった。

確認を怠っていた。スカートのめくれは臀部の半分近くにも達していた上に、ブラックのストッキングはパンストではなく、生臀状態で剝き出しになっていたのだ。

おいっ！　パンツはどこへいった？

龍平は大いに焦って、パンツを探してお臀の頂《いただき》を撫でた。ない……！　肉厚の盛りあがりは、ツルツル、スベスベ。生肌が手のひらですべった。

「いやーん、お坊さまのさわり方って、エッチ！」

腰をくねらせて奥さんは嬌声を張りあげた。

「あや子さんはひょっとして、下着を着《つ》けていない……、とか？」

用心深く尋ねた。

「いいえ、ちゃんと穿いています。ああん、そこじゃありません。割れ目の奥のほうに嵌《は》まっていますでしょう」

あっ、そうか！　Tバックだったのか。

そう思いついて龍平は、肉の稜線から指先をすべり込ませた。あった！　細い布が指先に引っかかったのである。それにしても大胆な。父親の三回忌の法要にTバックを着用しているなんて。

が、肉幹のいきり勃ちは加速していき、指の動きも大胆になってくる。細い布の内側に指を潜《もぐ》らせ、奥底を掃きなでてみた。うーん、谷間は深く、指を閉じこめるように、キュッキュッと締めつけてくるのだ。もう止まらない。

「あや子さん、こんなことをいつまでもしていると、喪服が皺《しわ》になるかもしれませんし、汚れる可能性もありますよ」

いくらか脅かしてみた。

口を離して奥さんは、キッと睨んできた。

だが、目の底では笑っているようだ。

「エッチなお坊さまは、喪服を脱がせたいようですね」

「スカートが腰のまわりでよじれていますから、心配しております」

「わかったわ。わたしのパンツを見たいんでしょう。そうでしょうね、あなたはお坊さまですから、Tバックを目にするチャンスも少ないでしょうし」

なにを言うのか。今でこそ坊主の衣装をまとっていますが、現状は道の駅の駅長が本業で、Tバックを目にすることもしばしばある。が、喪服着用の美麗な女性のTバックを見たことは、一度もなかった。貴重な体験に遭遇しかけているのだ。

男として、興味があるのは当然である。

「後学のために、貴重なお姿を拝見させていただけますか」

龍平は控え目に申し出た。

「やっぱり栄念さまは、エッチなお坊さまだったのね。でも、素敵です。だって、お坊さまだって普通のお人で、男性の欲望はおありなんでしょうから……。ああん、それじゃ、よーく、見てくださいね」

身軽に奥さんは、ひょいとソファから飛び下りた。そして、目の前に立つ。

なんとまあ、淫らな！

短いスカートはめくれ上がったままで、太腿の途中でプツンと切れたブラックのストッキングが、たとえようもないほど卑猥に映っている。しかも、ストッキングが切れたその上で剝き出しになった生肌が、白磁の艶めきを放っていて、男の欲望をさらにつのらせていくのだ。

「そのスカートを脱いでくれる……、かな」

勇気を奮《ふる》い起こして申し出たひと言が、半分くらい喉に詰まった。

女性との交わりは数知れずで、女性が裸になっていく姿など見飽きているはずなのに、厳粛な法要の席で、その家の人妻の衣服を剝《は》いでいくという行為が、異常なほど気分を昂ぶらせていくのだ。

「わたしがお洋服を脱ぎましたら、ああん、栄念さまも、その、袈裟を脱いでくださるんでしょう」

強く要求されて龍平は、思わず己の衣装に目を落とした。

脱ぐことは簡単である。だが、ちょっと、待て！　下着は下帯一枚。この女性は男のフンドシ姿を見たことがあるのだろうか、と。ま、いいさ！　なるようにしかならない。

「もちろんです。あや子さんのご所望とあらば、下帯も取り払ってしまいますよ」

「えっ、下帯……、って？」

「わかりやすく言えばフンドシです。袈裟をまとったとき、拙僧は下帯を愛用しております」

すると、スカートのファスナーを引きおろそうとしていた彼女の手が急に止まって、ヘナヘナッと膝を折ったのだ。

うらんっ！　見てはならぬものを見てしまったと、龍平は目を逸《そ》らそうとしたのだが、逆に目が点になって、スカートの奥に誘いこまれていた。めくれたスカートの奥底にチラッと覗いたのは、目に染みるほどの真紅の下着だったからだ。

常識的に考えて、喪服の下に着るパンティやブラジャーは、無地の白か黒と相場が決まっていたと思っていたのに、真っ赤だったとは！　その真紅の色は、この奥さんの不満を表わしているように、龍平は受けとめた。

下着を派手にすることで、日ごろの鬱憤《うっぷん》を晴らそうとしたのか。

「鮮やかな赤だったんですね」

口の中に留めておくことができず、龍平は正直な感想を伝えた。

「いつも……、わたしはいつも、カラフルランジェリーを着《つ》けるようにしているんです。少し派手目の。きっと、わたしの身になにかが起こるかもしれないという期待があるんでしょうね。でも、今日は父の三回忌ですから、縁取りはブラックなんですよ、ブラもパンティも……」

聞かされて、ますますその全容を目にしたくなった。

さぞや卑猥なる下着ではないか、と。

「ぜひ、拝見したいものですね」

「ああん、先ほどもお願いしましたでしょう。わたしが上着を取ったら、栄念さまも袈裟を脱いでくださいますか……、と。だって、下帯を着けていらっしゃる男性を拝見するのは、初めてなんですから」

床にへたり込んで見あげてくる奥さんの瞳が、キラキラと光った。

「承知しました。気にいっていただければ、幸いなことですが」

言って龍平は、中啓と双輪念珠をテーブルに置き、五条袈裟を剝ぎとった。坊主の衣装を脱ぐことなど、実に簡単なのだ。色衣の前みごろを結ぶ紐をほどき、はらりと脱ぎとった。残るは切袴と襦袢《じゅばん》である。

じっと見すえてくる奥さんの視線は、龍平の全身を舐めまわしてくるようだ。ときおり、舌なめずりをするのは昂奮を抑えているせいなのだろう。そこで龍平は、切袴をズルリと引き下げた。

「ああっ！」

瞬間、奥さんの上体が仰《の》け反《ぞ》った。

白の下帯がモロ出しになった。真紅のパンティを目にしたとき、肉幹の膨張率は八十パーセントほどに成長していた。だから、下帯の前がムックリ盛りあがっていた。

が、奥さんの目には、異様な姿に映ったのだろう。たいがいの日本人男子はブリーフかトランクスを着用しているのだろうから。

「初めてご覧になりましたか」

ほんの少し感じた羞恥心を押し殺して、龍平は問うた。

「あ、あの……、とっても素敵です。凛々《りり》しいと申しましょうか。それに、栄念さまの太腿は逞《たくま》しいといいますか、頑丈そうで、見ほれてしまいます」

褒め言葉をいただいたからには、襦袢などさっさと脱ぎとって、下帯一丁の勇姿をさらしたほうが、ずっと男らしい。

「あっ、ああっ！」

奥さんはまたしても小声をあげて、背筋を反らした。

それは、あっさりと龍平が襦袢を腕から抜いたからだ。学生時代から剣道で鍛えた肉体は、筋肉隆々のマッチョである。おおよそ、坊さまらしくない体型なのだ。

「あの、わたし……、どうしたらよろしいのでしょうか」

床にへたり込んだまま、奥さんは喘《あえ》ぐように言った。

「そんなに緊張しないで、もっと近寄って、よーく、ご覧になったらいかがでしょうか。もし、よろしかったら、手を伸ばしてもよろしいのですよ」

「えっ、手を伸ばすって、さわってもよろしい……、ということでしょうか」

「柴田さんのお屋敷に伺う前、寺で冷水を浴び、全身を清めて参りましたから、汚れてはおりませんので、ご安心ください」

「まあ、冷水を……！　まだ寒い季節ですのに、お水で軀を清められるなんて……。それも修行の一環なのでしょうか」

「さようです。お湯をかぶっていては、神経がゆるむばかりで、修行にはなりません」

堂々と言い放って、龍平はまた、腹の中でペロッと舌を出した。桜の便りが南の島から少しずつ届いてきているが、和歌山はまだ寒い。冷水など、とんでもない。適温のシャワーをゆっくり浴びているという、ナマクラ坊主だった。

おおっ！　龍平の言葉を聞きながら、もう、我慢できませんとばかりに、奥さんは膝を遣《つか》ってにじり寄ってきたのである。そして、こわごわといった様子で、指先を伸ばしてきた。

そろりとふれてきたのは、太腿の中ほど。

剣道の鍛錬で筋肉は逞しく成長し、力を加えると筋肉割れが生じて、見栄《みば》えのする肉体になる。あーっ、カチカチです……。感極まったような、少しおびえたような、あるいはのぼせてしまったような喘ぎ声を漏らしながらも、奥さんの手はだんだん力が入ってきて、ついにはスルスルと撫でてくるのだった。

くすぐったいやら、気持ちいいやら……。

「あや子さん、そんな中途半端な場所ではなく、下帯の間際《まぎわ》をさわっていただけませんか。そのあたりは男の官能のツボでありまして、快感が増幅していくにしたがい、下帯の内側にさらなる漲りが生じてくるのです」

「あん、そんな危ない場所をさわってもよろしいのでしょうか」

「いっこうに構いません。いや、大歓迎しますね。もしよろしかったら、下帯の中に手を入れていただくと、拙僧はさらに、男の悦びを感じるのでございます」

言って龍平は、下帯一丁の股間を、ぐいと迫《せ》り出した。

「ああっ、そんなにびっくりさせないでください。いやーん、おフンドシの前が、どんどん大きくなってきます。それに、ビクビク跳ねているようで」

奥さんの手は怖いもの見たさ……、いや、さわりたさを正直に表わして、下帯の間際まですり寄ってきたのである。どちらかと言うと、剛毛、多毛の陰毛の一部が、下帯の横から顔を覗かせ、すり寄ってくる奥さんの指に絡みついていく。

が、そんなことには委細構わず、奥さんの指は少しずつではあるが、下帯の内側に侵入してくるのだった。ムズッとする心地よさが、肉幹に伝染していく。

（ここまできてしまったのだ……不平等すぎる。龍平は腰を折ってしゃがんだ。

奥さんだけが喪服着用は、不平等すぎる。龍平は腰を折ってしゃがんだ。

「あや子さん、喪服はもう必要ないでしょう。拙僧が脱がせてあげましょう。黒い縁取りをした下着を、見せていただきたいと思います」

一瞬、背中を丸めて拒否の姿勢を取ったが、数秒としないで奥さんは、胸を反らした。

「ほんとうは脱ぎたかったのです。でも、わたしにも女の恥じらいがございます。でも、あーっ、栄念さまのお手で、わたしを裸にしてくだるのですね」

膝立ちになった奥さんは、赤く染まった頬を引き攣《つ》らせながら、静かに瞼を閉じた。

女性の衣服を脱がせたことなど、数えきれないほど経験した。が、喪服のボタンに掛かった指が、心なしか震えた。大事な門徒の三回忌に伺いながら、なんという不埒《ふらち》なことをやっているのだという、罪の意識が多少なりとも脳裏をかすめていったせいである。

ボタンをはずし終えた。

これは、これは！　前開きの喪服の隙間に覗いたのは、色鮮やかな真紅のブラジャーだった。確かにカップの縁取りは、漆黒のレースだったが、その色あいは、ある種、高級娼婦の趣きを醸《かも》し出し、妖しげな色香をふんだんに振りまいているのだ。

ここで手を止めてはならない。

喪服の上着を腕から抜くなり、龍平はすぐさまスカートのファスナーに手を伸ばし、スルスルッと引きおろした。音もなくスカートは、太腿をすべり落ちていった。

しばし、呆然《ぼうぜん》と龍平は見守るばかりだった。

鋭いVの字に切れあがるTバックのフロントが、目の前にさらされている。どれほどひいき目に見ても、父親の三回忌に着用する衣類ではない。それでも奥さんは、さほど悪びれた様子もなく、スックと目の前に立ったのだった。太腿の途中で切れたブラックのストッキングが、なおさらのこと、この女性の娼婦的な妖しさを見せつけてくる。

「ねっ、栄念さまも、わたしの前に立ってください」

奥さんはかなりはっきりとした口調で申し出た。

半裸になったことで、逆に腹が据わってしまったようだ。

言われるままに龍平は立ちあがり、彼女の真ん前に並んだ。

グフッ……。奥さんは嗤いを嚙み殺した。そして赤いTバックと白の下帯を、何度も見比べる。和洋の色比べ……。

「とても愉しいお坊さま……」

奥さんはまた嗤いを抑えて、ソッと言った。

「なかなかのお似合いカップルに見えませんか。赤と白なんて」

「ねえ、ほんとうのことを言うと、わたし、さっきからめまいがしているんですよ。だって、二人はほとんど裸でしょう。わたしにこんな勇気があったのかと、驚いてしまって……」

「倒れそうなほど？」

「はい、あなたが助けてくださらなかったら、バタンと倒れてしまいそうです」

それはいかん。ほんとうかどうかよくわからないが、この女性が今求めているのは、力強い抱擁であろうと、龍平はすぐに察した。

なんとなくユラユラ揺らめいているような奥さんの半裸を、龍平は両手でしっかり抱きとめた。

「あーっ、栄念さま……」

ブラジャー一枚の上体が、ユラリと胸板に倒れこんできたのだった。

豊かに実る乳房は胸板に張りついて、下腹もぴったり……。が、直立する肉幹は下帯を蹴破る勢いで勃ちあがっているものだから、奥さんのパンティを、ズカズカ押しまくるのだ。

「あん、ものすごい力で押してきます」

奥さんはうめいて、腰を揺する。

そんなに動いてはいけませんと、龍平は奥さんのお臀に両手をまわし、抱きとめた。が、ツルツル、スベスベのお臀は剝き出しで、そのさわり心地のよさに、肉幹はますます迫りあがっていくのだ。

ややっ！　危うく龍平は大声をあげそうになった。

奥さんの右手が下帯の横合いからスルリとすべり込んできて、大膨張する肉幹をムギュッと握りしめてきたのだ。

「あーっ、温かい。太くて、硬くて……」

奥さんの指が、その太さとか硬さを確かめるように、キュッキュッと握ってくるのだった。力の入れ具合は絶妙で、今にも溢れ出てきそうなほど煮えたぎっている男の白濁液が、絞り取られていきそうだ。

「そんなにいじられると、拙僧も、黙ってはおりませんよ」

龍平は脅かした。

が、奥さんはニッと微笑んだのだ。

「黙っていられなくなったら、なにをしてくださるのでしょうか」

うーん、小癪《こしやく》な！　奥さんの口ぶりは坊主を嘲《あざけ》っているふうに聞こえた。

「拙僧の舌は、指より器用に動くようにできています」

「えっ、舌……？」

言葉で説明するより、実行に移したほうがわかりやすいだろう。彼女のお臀を抱きとめていた両手を放すなり、龍平は、奥さんに、ソファの隅に両手を付いて、お臀を突き出しなさい……、と、命令した。

「な、なにをなさるんですか」

奥さんの声がかすれた。

「指では、味がわかりませんでしょう。最初にあや子さんのお臀を、じっくり賞味させていただきたいと思いましてね」

「ええっ、お臀を賞味するって、どういうことでしょうか……？」

「そんなこと、わかりきっているでしょう。お臀の割れ目に食いこんでいるらしい細い紐を横にずらし、おいどの中心点をペロペロと……。どうですか。気持ちいいとは思われませんか」

　言葉遣いがどんどん下品になっていく。本人がその気になってきたのだから、止めようもないのだ。

「そ、それじゃ、栄念さまはわたしのお臀……、いいえ、アナルをお舐めになるとか……？」

「舐めるほうも、舐められるほうも、たいそう気分がのって、盛りあがるでしょうね」

「もう、栄念さまのこと、信用できなくなってまいりました。栄念さまって、ほんとうにお坊さまなんですか。お坊さまが女の子のお臀の穴を、こんな明るいところで舐めるなんて……、ああん、そんな猥《いや》らしいことをおやりになってはいけません」

「そうですか。それじゃ、やめましょう。拙僧はすぐに仏間《ぶつま》に伺い、亡きお父上にお念仏を差しあげ、つつがなく三回忌のご法要を済ませましょう」

　わざと龍平は、素っ気なく言い、ソファに投げ出してあった切袴を拾った。やめる気など、なにもないのだが、少し虐《いじ》めてやりたくなった。

案の定……、

「あっ、だめ、だめです。女のわたしをこんな恰好にさせておいて、逃げるなんて卑怯《ひきょう》です」

黄色い声が放たれた。そして、龍平の手を引きつかんできたのである。

「女子はんのおいどの奥に、舌を遣うなどとはとんでもないと、あや子さんはおっしゃったばかりじゃありませんか」

「いえ、ですから、それは言葉の行き違いで、お坊さまにそんな猥らしいことをしていただいたら、わたしにきつい罰が当たってしまうと、とっても心配になってしまったのです」

「罰が当たるのは拙僧のほうで、あや子さまには、なんのお咎《とが》めもありませんよ」

うんっ！　唇をキュッと嚙みしめた奥さんは、両手をソファの片隅に置くなり、ぐぐっと腰を突き出したのである。さあ、あなたの好きにしてくださいと、覚悟の上のポーズのようだ。

そのときになって初めて、龍平はお臀の割れ目深くに食いこんでいる黒い紐を目にした。

（こんな細い紐一本なら、わざわざ着用することもあるまいに！）

そう考えるしかない。防寒用にも防御用にも使用できない代物《しろもの》である。ましてや、父親の三回忌の法要に使用する着衣ではない。割れ目に食いこんだ細紐を、ちょいと横にずらすだけで、アナルは丸出しになる。が、舐めやすいこと、この上ない。

「それでは、失礼します」

ひと言挨拶をして龍平は、ぐいと迫りあがったおいどの真後ろに構えた。

うーん、これはかなり痛そうだ。細い紐は割れ目の奥底に容赦なく嵌めこまれているのだし、しかもそのあたりは赤茶に色づいて、腫《は》れて膨れているようにも見える。細い紐は容赦なくお臀の割れ目のヤワ肉をこすりつけ、皮膚を痛めつけているに違いない。

かわいそうである。

こうした場合の応急処置は、優しくいたわるように舐めてあげるに限る。唾液は滅菌効果もあるのだから。龍平は顔を寄せた。そして細い紐に指先を掛け、そろりと横にずらした。

おやっ！　なんとまあ、伸縮自在な……。お臀のヤワ肉を痛めつけているほど、強く食いこんではいないのだ。女子の下着はよく研究されて作られているようだ。

とすると、この赤茶色は昂《たか》ぶりの証《あかし》……？　そうとしか考えられない。

「いやーん！」

けたたましい嬌声が弾《はじ》けた。

これっ、そんなに大きな声を出してはいけません。防音設備が完備されているかもしれないが、これほど甲高《かんだか》くて黄色い声を耳にしたら、奥さまの一大事！と、家人が心配して応接間に飛びこんでくるかもしれない。

「少し我慢してくださいよ」

ひと言申しわたし、龍平は割れ目の奥底に、再度、注目した。うーん、美麗な女子は、おいどの穴も美しい。形が整っているのだ。小皺を刻ませた十円玉大のホールが、ヒクリヒクリと凹《へこ》んだり突きあがってきたりして、なかなかかわいらしい。

が、ふわりと漂ってきた淫臭は、ほんのわずかに酸っぱい匂いが混じっていて、男の欲望をさらに焚《た》きつけてくる。突きあがった奥さんのお臀を鷲づかみにして、龍平は割れ目に顔をくっつけ、小さな丸い穴を、ペロリと舐めた。

「あっ、あぐーっ……！　ああっ、ねっ、栄念さま……、そうじゃないわ、駅長さん……！　だめ、そんなところを舐めないで」

もはや奥さんは半狂乱状態だ。

奥さんの背中がすべり台の如く反りかえった。頭をソファにめりこませて……。

だが、その体勢はお臀がさらに突きあがり、舐めやすい。

勢いに任せて龍平は、ペロペロ、ヌルヌルと舐めまわす。

舌の動きに合わせて、おいどがさらにうごめく。

こうなったら、舌遣いだけでは物足りない。龍平は彼女の背中に手をまわし、ブラジャーのホックをはずした。赤いブラジャーがはらりとゆるんだ。奥さんは実に面倒くさそうなしぐさで、腕から抜いた。アナルを責められている女子さんは、乳房がモロ出しになっても、なんの羞恥心も感じないらしい。

舌遣いをつづけながら龍平は、奥さんの脇腹から手をまわし、肉の盛りあがりを探った。

これは、見事な！

ゆらりとたわんだふたつ乳房に、指先が吸いこまれていく。柔らかいのだ。揉みまわす。

「あーっ、お坊さま、ねっ、わたし、気が遠くなっていくようです。気持ちいいの。お臀だけじゃなくて、あん、もう少し前も……」

奥さんはどんどん欲張りになってくる。

ええっ！　たまげた。奥さんの右足がひょいと持ちあがって、ソファの端に乗っかったからだ。股間が八の字になって、広がった。釣られて龍平は、奥さんの股間に潜りこんだ。

赤茶に腫れた二枚の肉畝《にくうね》は、縦に切れた肉筋からジュクジュクと滲み出てくる粘液にまみれ、ヌラヌラと照り輝いているのだ。龍平は見つめた。

お臀の穴のひくつきが、そのまま肉畝に伝わって……、おおっ、裂け目の突端から飛び出しているクリトリスを、ピクピク震わせているのだった。猛々しい欲望が股間の肉を火の如く熱していく。

亀頭が跳ねる。

三回忌の法要に訪れたというのに、このような破廉恥限りない戯れが、昂奮を倍加させているのだろう、肉筒の反りようも、いつもより鋭角のようだ。

龍平は真下からしゃぶり付いた。

「ううっ、うーっ……」

奥さんの唇から苦しそうなうめき声が放たれた。

声は止まらない。声に合わせ、股間を振っている。ヌルヌルに濡れる二枚の肉畝が、舌先をすべっていく。薄《う》っすらと茂る恥毛が、唇のまわりや鼻先をこすっていく。

　龍平は舌先を尖らせた。

　上下に切れこむ肉筋の下辺から上端に向かって、つつっとすべらせた。

「あっ、それっ、いいの……。ねっ、なにをしたんですか」

　途切れ途切れの声を漏らした奥さんの指が、どこからともなく伸びてきて、肉筋の突端から飛び出ている肉の芽を、ヌルッとこねた。ううっ！　奥さんの腰が浮き上がる。なるほど……、自分の指でいじった刺激に鋭く反応するあたり、自慰の経験があるのだろうと、龍平は察した。

　しかし、今はおれがいるんだ。

　手をどかしなさいと、唇で奥さんの指を振り払い、ピクンと突起したクリトリスを舐め、そして、唇で挟んで、強く吸った。

「あーっ、効きます、そこ、効くんです」

　奥さんのこえはかすれた。

　声はかすれていくが、クリトリス周辺から滲み出てくる淫汁は、濃密さを増してくるし、味わいも甘くなってくる。吸って、喉に流しこむ。もはや、双方とも淫らな戯れに没頭していく。

このネットリと潤んだ蜜洞《みつほら》に、ズブリと挿《さ》しこみたい……。舐めて、吸って、味わっている女の裂け目は、男の肉を待ちわびているのだ……。龍平はそう確信した。そこで奥さんの股間から素早く抜け出るなり、龍平はドーンとソファに腰を据えた。

「さあ、あや子さん、ぼくの太腿に跨ってきなさい」

力強くうながしたが、自分の姿を目にして、龍平はやや恥じた。まだ下帯を着けたままだったからだ。白い下帯の前はこんもりとした大テントを張って、点々とシミを滲ませているのだった。昂ぶりの粘液はいつもよりはるかに多い。

龍平の真ん前に、膝立ちでにじり寄ってきた奥さんの目は、薄桃色だ。

すでにブラジャーは取り払われていて、股間でよじれたパンツの淫らさが、今の奥さんの気持ちを充分表わしているように見えてくる。

「わたしばかり、気持ちよくしていただいて……」

「少しは感じてくれましたか」

「腰から下がフラフラなんです。でも、ああん、これが女の悦びなんですね」

「まだ、序の口ですよ。始まったばかりでしょう……」

裸の太腿の間に潜りこんできながら、奥さんの手は太腿の根元をヌルヌルとさすってくるのだった。

はて……？　龍平はまた考えた。われわれ二人はどうしてこんなことになってしまったのか？　その出発点が遠い過去の出来事になってしまって、はっきりとした理由を忘れてしまった。あっ、そうだった……。かすかに思い出した。セックスとは死ぬほど心地のよい行為なのですかと、奥さんから問われ、男女交接も僧侶の修行のひとつ……、などと、とんでもない理屈をこねた結果だった。

「序の口なんて、おっしゃらないでください。わたし、もう、フラフラなんです」

奥さんの声はどんどん低くなっていく。

「おや、それじゃ、この下帯の内側で激しくいきり勃っている男根を、あや子さんは見捨てるおつもりですか」

言って龍平は、わざと大げさに股間を突きあげた。

白いサラシが、大波を打って盛りあがった。

「見捨てるなんて、とんでもありません。でも……、あーっ、こんな大きなお肉がわたしの膣《なか》に収まってきましたら、わたし、ほんとうに感じてしまって、死んでしまうかもしれません」

「心配しないで。これでも拙僧は、由緒ある明安寺の坊主です。あや子さんに万が一のことがあった場合は、拙僧が責任を持って、お寺の特等地にお墓を建て、日々、お念仏を差しあげ、極楽浄土にお導き致しますよ」

奥さんの顔が、ひょいとあがった。

見事な円形を描く乳房の実りを、ブルンと揺らす。

冗談ですよ。あなたほどの若さでショック死するわけもなし、そもそも女性は図太い神経の持ち主なのだから、腹上か腹下……で、死に至るはずがないと、龍平は腹のうちで言い訳をした。

おおっ！　龍平は目を見張った。

太腿の根元まで這いよっていた奥さんの右手が、下帯の脇からスルリとすべり込んできて、そそり勃つ男根の先端を、キュッと握りしめ、そして、時間をおかず、左手も潜りこませて、ふぐりを柔らかく囲いこんできたのである。

ユルユル、ウネウネとうごめく奥さんの両手には、慈《いつく》しみがこめられているようだった。

「栄念さま……」

見あげたまま、奥さんは熱っぽく呼びかけてきた。

「どうかしましたか」

「今、おっしゃったことは、ほんとうのことでございますね。栄念さまのお寺の特等地にわたしのお墓を建てて、毎日、供養してくださるとおっしゃったこと」

「坊主に二言《にごん》はありません」

「それじゃ、もうひとつお願いがあります」

「おや、どのような……？」

「わたしのお墓でお念仏を唱えてくださるときは、袈裟やお数珠は必要ございません。その代わり、ああん、栄念さまはおフンドシ姿になられ……、いえ、おフンドシも取って、あん、この大きなお肉をわたしのお墓にこすり付けながら、お参りしてくださいませ」

ギョギョッ！　龍平は一瞬、たじろいだ。

奥さんのお願いは、すべてが冗談とは聞こえてこなかった。見あげてくる眼差《まなざ》しは一途《いちず》であるし、下帯の内側に潜りこんできた両手のうごめきには、いじらしさがこめられているのだ。

冷たい墓石の前で全裸になり、念仏を唱えてあげることは約束できても、だが……、そのとき、己の男根が、今のように隆々と聳《そび》えているかとなると、いささか自信がない。

萎《しお》れた肉でこすってあげても、気持ちよくあるまい。

だが、この愛らしいまでの女の一途さを、鼻先で嗤って、あしらってしまうわけにはいかない。

「お約束しましょう。あや子さんの麗しい女体を思い出せば、拙僧の男根は、お墓の前であっても、たちまちのうちに勃起し……。そうだ、祥月命日《しょうつきめいにち》の折には、拙僧自身の指でしごいて、あや子さんの墓石に、ビュビュッと噴きかけて差しあげましょう」

「まーっ、素敵！　わたし、感動の涙がこぼれてまいります。ねっ、もう、わたしにくださいませ。よろしいでしょう。栄念さまの温かい滴《しずく》を、ああん、自分の軀に覚《う》えさせておきたいのです」

なんと愛いなる女子……。口先だけではない証拠に、奥さんは下帯の紐をはらりとほどくなり、ドドッとソファに駆け上ってきて、それは乱暴な手つきで赤いTバックを足首から抜きとって、ガバッと跨ってきたのである。

先漏れの粘液にまみれた反り身の逸品が、ビューンと突きあがった。

だが、その一瞬、龍平は彼女の股間に、視線を集中した。

細い縮れ毛は小さなハート型を描いて密生し、汗にぬれているのか、キラキラ光っていたのである。

うーん、積極的な！

そそり勃つ男根の先端を指でつかんで奥さんは、縮れ毛の奥に誘導した。亀頭の先端に粘り気のあるヤワ肉が、ひたりと張りついてきた。奥さんは前後に股間を揺すった。鈴口《すずぐち》から漏れてくる先走りの粘液と、二枚の肉畝を濡らす女の蜜液が混じりあって、ニュルニュル、ネバネバと卑猥な粘り音を響かせてくるのだ。

挿入するのは、まだ、ちょっと早い。できることなら、そのかわいらしい口に含んで、数回抜き差ししてもらうと、さらに元気づくはずなのだが……。

そんな妙《たえ》なる思いも駆けめぐったが、合体の瞬間を待ちわびるように、ぐぐっと反る奥さんのほっそりとした首筋、それに、まん丸に実る乳房の揺らめきを目にしていると、ちょっと待ちなさいと、腰を引いてしまう勇気が湧いてこない。

ならば、ここは一気に、ズブリ！　と。

気合を入れなおすなり龍平は、奥さんのウエストをしっかり抱きくるめ、真下から、ぐぐっと亀頭を突きあげた。

「あっ、あっ、あぐーっ……！」

悲鳴が飛び散った。奥さんはガクンと折れてしまうほど胸を反らし、肉の裂け目を前後に振ってきた。ズブズブッと音を立てて埋まっていく。

狭い……！　それが、挿入直後の第一印象だった。張りつめた亀頭が、密集する襞《ひだ》を押しのけて侵入していく快感は、男にしかわからない。しかも襞間《ひだあい》から滲んできているらしい粘液は濃密になっていき、男の官能神経を刺激しまくってくるのだ。

（ひょっとすると、この妖しげ膣道は、ミミズを千匹ほど飼育しているのか）

そう感じてしまうほど、男根を刺激してくるのだ。

あっ、そうか……。そのときになって龍平は、ハタと思いあたった。旦那さまとの交接は子作りのための義務的な行為と奥さんは断じていたが、そうではなかった。奥さんは名器の持ち主で、ご主人は男の快感に勝てず、さっさと一人旅をしてしまったのではないか。

だから、奥さんは物足りなかった。死ぬほど感じる性行為とは、ほど遠かったに違いない。だったら、おれの出番だ。ヤワヤワのミミズを千匹飼っている膣道であっても、剛直な反り身は、決して弱音を吐かない。

左右に開いた奥さんのお臀を両手で抱きかかえ、再度、真下から突きあげる。

「あうーっ……！」

奥さんは仰け反った。

丸い乳房を揺らめかせ。龍平は顔を屈めた。小豆色《あずきいろ》に染まった乳首を舌先で転がし、そしてしゃぶりつく。男根を飲みこんだ膣道が、激しく蠕動《ぜんどう》した。左右の乳房を交互にしゃぶりながら龍平は、腰を遣った。

奥さんの腰が応じてくる。

前後左右に振ってきては、大きな円運動に変化させたりする。

肉筒の根元に強い緊縛を感じた。ギュッと締めつけてくるのだ。これじゃ、たまらん！　普通の男だったら、あえなく轟沈するだろう。

「あーっ、栄念さま、ねっ、まだですか。いらっしゃってもよろしいんですよ」

腰を激しく振りながらも、奥さんは気を遣ってくれる。

そうだろう。旦那さまとの交わりだったら、旦那はとっくに果てているのだろうから。

「拙僧のことより、あや子さんはいかがですか。拙僧はあや子さんの成仏を見届ける責任がありますから、ね」

乳房から口を離し、半開きになっている奥さんの唇を強引に奪い、ヌヌッと舌先を差しこんだ。うぐっ……。うなった奥さんの舌が、粘ついてきた。必死になって唾を吸いとろうとするような口の動きだ。

「わ、わたし、ねっ、一人で……、あーっ、勝手にいってもよろしいんですか。もう、あの、なにがなんだか、わからなくなっているんですよ」

切れ切れの喘ぎ声を漏らした奥さんの上体が、胸板から肩口にかけて、ドッとかぶさってきたのだった。呼吸を絶え絶えにして……。が、万が一にも呼吸が途絶えても心配ない。すでにマウス・ツー・マウスの人口呼吸の準備は整っているからだ。

「いきそうですか」

それでも念のために、龍平は聞いた。

「あっ、はい。もう、あの……、死んでしまいそうなほど」

「では、拙僧もそろそろ準備を整えましょうか」

威厳をこめて言い放ち、龍平は、奥さんのお臀をしっかり抱《かか》えなおした。

抜き挿しの上下運動と、奥さんの腰の振り具合が、ドンピシャリで合致してきた。

「あーっ、お坊さま……、初めてでございます。夢心地なのです。お願い……、わたしの膣《からだ》の一番奥に、たくさん、いっぱい……、あん、お願いします」

瞬間、狭い膣道に生息していたらしい大量のミミズが、ピチピチ跳ねたり、ニョゴニョゴうごめいたりして、男の肉に絡みついてきたのだった。ミミズなどに負けるものか！　龍平はよりいっそう押しこんだ。

「うぐっ……！」

奥さんはうめいた。

次の瞬間、肉筒の根元が弾きわれた。ドバッと噴出した男のエキスが、濁流となって膣奥に放たれていった。

「わたしの軀が溶けていきます」

ぽつりとつぶやいた奥さんの全裸から、フニャフニャッと力が抜けていったのであった。

第四章　エース・アタッカーは後家さん

お昼休みが終わった午後の一時半……。『道の駅　くまの』は、少しばかり客足が遠のく。駅内が静かになるのだ。

駅内には食堂が二軒、暖簾《のれん》を下げている。一軒は天丼や牛丼など、丼ものを提供する店で、もう一軒は、勝浦漁港などで水揚げされる新鮮魚介の刺身や寿司を食べさせる店だ。

魚介を提供する食堂の古い暖簾には、『光《みつ》ちゃん』と染められている。店名はかわいらしいが、女将《おかみ》の今池光子《いまいけみつこ》は、今年、還暦を迎える名物おばさんだった。

駅長の松ヶ崎龍平も、一週間に一度くらいの割合で、近海魚を捌《さば》いた刺身定食で昼食を済ませる。刺身も美味《うま》いが、定食のお膳に付いてくるみそ汁や野菜の煮物が絶品で、光子女将の腕前を充分味わうことができるのだ……。

「おや、女将さん、お出かけですか」

ちょうど、『光ちゃん』の前を通りすぎようとしたとき、店のガラス戸をガラガラと勢いよく開いて出てきた女性とばったり出くわし、龍平は愛想よく挨拶した。

光子女将である。

「駅長さんはお忙しいんですか」

還暦を迎えた女性にしては顔の色艶《いろつや》がよろしい。

が、彼女の身なりを目にして、龍平はびっくりした。いつもはモンペ姿に大きなエプロンを掛けているのだが、目の前にいる女将は、濃いブルーのスウェット・シャツに同じ色合いのジョギング・パンツを穿いていたのである。

「ジョギングでも……？」

いささか訝《いぶか》りながら龍平は聞いた。午後の仕事は残っているはずだ。

年齢のわりに健康そうな白い歯並びをニッと見せて、女将は恥ずかしそうに笑った。若いころは、南串本町の小町とでも呼ばれたのかもしれない。額や目尻に小皺を刻んでいるものの、なかなかの美形に話し上手で、店に来るお客には人気がある。

「ジョギングじゃありませんよ、バレーボールです」

大熟女の色気をたっぷり湛《たた》えた視線で見つめられた。

「そうでしたね、十日に一度ほど、お仲間が集まって、区の体育館を借りて試合をしているとか……」

「はい、今日は三時から二中の子供さんたちと、練習試合をすることになっているんですよ」

二中とは市立第二中学校のことである。

「お店は……？」

「夕方まで娘と板さんにお任せで……。わたしだって、たまには憂《う》さを晴らさないと、ストレスが溜まって、みすぼらしいおばあさんになっていくだけでしょう」

光子女将は、また、恥じらいをこめた笑いを浮かべた。

「それじゃ、ぼくも応援に行きましょうか。女将さんたちの勇姿を拝ませてもらったら、ぼくにも元気が湧いてくるでしょうから」

ウィークデーの午後は比較的、閑《ひま》である。他県からの観光バスが、道の駅に来るという予約も入っていなかった。

「えっ、ほんとうですか。ぜひ、いらっしゃってくださいな。駅長さんが応援に来てくださったら、鬼に金棒ですよ」

女将の表情に、それは嬉しそうな笑みが浮いた。

駅長に対するお愛想の笑いではない。

体育館までは歩いて二十分近くの距離にある。幸いなことに春爛漫の季節は、散歩にも適しているのだ。女将の歳があと二十も若かったら、バレーボールなんかやめて、ドライブにでも行きましょうかと誘いたくなるのだが、年上女将とのドライブは、さすがに乗り気になりにくい。

「あのね、駅長さん……」

道の駅を出て二、三分もしないで、女将はすっと寄り添ってきた。

へーっ、香水をつけているのか。甘い香りがプーンと漂ってきたのである。還暦になっても身だしなみを気にするあたりは、まだ女っ気が抜けていないのだろうが、女将のご主人は数年前、病死して、今は寂しい後家さんの身であったことが思い出され、いくらか切ない気持ちに、龍平は浸った。

「なにか……？」

それでも気楽に、龍平は問いかえした。

「わたしたちのチームは今、八人のメンバーでバレーを愉しんでいるんですよ」

「それじゃ、女将さんの昔からのお友だちを誘って……？」

「はい。それが、あの……、八人全部が主人に先立たれてしまってね……。ですから、後家さんグループなんですよ。わたしたちは呪われているのか、男運がないのかしらって、ちょっと怖くなっているんです」

「ご病気……、で？」

「一人は事故死でしたけれどね。二年ほど前、チームで一番若かった貝塚《かいづか》さんの旦那さんまで亡くなったんですよ。そうだわ、駅長さんは明安寺のお坊さまだったんですから、一度、お祓《はら》いをしていただこうかしら」

真剣な視線を向けながら、大真面目に請《こ》われ、龍平はほんのわずか腰が引けた。女将の仲間だったら、亡くなったご主人たちも、それなりの年齢だったのだろう。病死もあれば老衰もある。メンバーの中で一番若い女性が、今、いくつなのか知らないが、お気の毒であることは間違いない。

古来、厄払《やくばら》いは神社の務めである。が、家内安全の祈願ぐらいだったら、おれがやってあげてもいいと、そんな気分にもなってくる。

「それで、貝塚さんは、おいくつなんですか」

念のために龍平は聞いた。

「確か、三十六……、だそうですよ。ご主人が事故で亡くなったとき、お葬式に参列させてもらったんですが、ご主人はそのとき、二十四歳とお聞きしましたね」

ええっ！　十歳も若い男と結婚した……？

それなのに、あっさり他界されては、かわいそうであるし、ツキがなかったとしか言いようがない。

「そうすると、三十六歳の後家さんですか」

「でも、真理《まり》さんは気丈な人でね、泣き言も言わないで、わたしたちのおばあちゃんグループに入ってくれて、それは愉しそうにバレーボールをやっているんですよ」

真理さんとは、三十六歳で未亡人になってしまった貝塚さんの名前であろう。

「真理さんとかいう若い後家さんは、今日も練習にいらっしゃるんですか」

「はい。多分……。真理さんは後家さんチームの、エース・アタッカーですからね。中学生が相手でも油断できないんです。だって、真理さんの背丈は一七十センチほどありますし、やっぱり若いのね。ジャンプ力が素晴らしいの」

それもそうだろう。光子女将の面立《おもだ》ちはとても若いが、ジャンプ力は弱ってきているだろうし、身長は一五十センチそこそこしかない小柄である。

おばあちゃん集団のバレーボール観戦は、同じ道の駅で働く者のお付き合い的要素が多分にあったが、貝塚真理さんなる後家さんの出現で、龍平はにわかな興味を覚えたのだった。

田舎《いなか》の体育館にしては、立派である。

東京や大阪から、たまにやってくる歌謡団や演劇団の催しがあるとき、体育館の中には特設の舞台が設えられ、観客用の折りたたみの椅子が、板敷きの床に五百脚も並べられ、串本南町では一大メイン劇場に様変わりする。

その体育館に、二面のバレーボール・ネットが張られていた。

すでに練習を開始している選手たちの甲高《かんだか》い声が、体育館の壁に響きわたって、かなりうるさい。

「このへんでご覧になってください」

ひと言残して女将は、駆け足でドアから出ていった。その奥に更衣室があることは、龍平も先刻知っていた。

目の前のコートでは……、うーん、なるほどな。かなり年配のおばさんたちがキャアキャアと黄色い声を張りあげ、ボールを追っかけている。へーっ！　感心した。ほとんどの選手は、光子女将と同じくらいの年齢なのだろうが、それぞれは現役のバレーボール選手のようなショートパンツを着用しているのだ。

しかもシャツはノースリーブで。

肉体の露出は、かなり積極的である。

彼女たちのどこを見てあげていいのかもわからず、龍平は壁際に並べられている折りたたみ式の椅子に座って、腕を組んだ。彼女たちは色っぽいとは言いがたい。が、元気、闊達《かったつ》であることは間違いない。

日本人女性の平均寿命は八十八歳前後まで延びたとか。還暦くらいは、まだヒヨッコなのかもしれない。

そこへ……、ハッとして龍平は腰を上げた。

光子女将が一人の女性を伴って、ドアから出てきたのである。女将もショートパンツ、ノースリーブのシャツに着がえていたが、そんなことはどうでもよくなった。

隣に並んでいたショートカットの女性に目がくらんで、龍平は言葉もなく、ペコリと頭を下げていた。どこかで見たような覚えもある、と。そうだ！　思い出した。バレーボール全日本代表の井上《いのうえ》選手にそっくりだったのである。

無論、龍平は、井上選手と直接会ったことはない。が、テレビのスポーツニュースなどでしばしば放映される彼女の、素晴らしい肉体、健康的な面立ちは、龍平にとっては、憧れの女性の一人であった。

ショートカットのヘアスタイルは爽やかそうだったし、だいいち、あの幼い顔立ちがたまらない魅力だった。

だから、光子女将と並んで出てきた貝塚真理らしい女性の容姿を、思わず、ぼーっと見つめてしまったのだろう。違うところがあるとすると、井上選手の身長は一八十センチほどに対し、貝塚さんは十センチほど低いことと、三十六歳になった貝塚さんに対し、井上選手は確か、二十三、四歳だったことくらいだ。

わかりやすく説明すると、井上選手をひとまわりほど小さくした体型が、貝塚真理さんだったのである。

が、太腿をぴっちり締める濃紺のショートパンツは、スポーツ選手らしい健康美を蓄えているし、ノースリーブのシャツも似合っている。うんっ！　それに唇が素晴らしい。きれいな山形に整った唇なのに、ぽってりとして、やや肉厚の形状が、男の気分をそそってくるのだ。

「真理さん、さっき、ロッカーでお話をした道の駅の駅長さんですよ。お名前はね、松ヶ崎龍平さん。道の駅の駅長さんなのに、お寺の住職さまもやっておられて、とっても優しい男性なのよ」

この美女に、寺の坊主などと抹香臭い紹介などしないでほしいと、女将の言葉を止めようとしたとき、真理さんの長い足が、一歩、つつっと前に出た。

「お坊さま……、って、松ヶ崎さんはほんとうにお坊さまなんですか」

かなり興味ありげに彼女は訊ねてきたのである。

今になって、住職ではなく、女将がウソを言ったんですと、弁解などできない。

「ええ、まあ、新米の坊主なんですけれどね」

「だって、お坊さまは髪を剃っておられるのが普通なのに、松ヶ崎さんは、真っ黒な御髪《おぐし》を、ふさふさ蓄えられておられます」

照れまくって龍平は、ロングに近い髪を指先ですき上げた。

浄土真宗は剃髪を義務づけていないし、恋愛、結婚も自由なんです。肉を食べることも許されているんです……、と説明しようとしたが、話が長くなりそうなので、

「新米のナマクラ坊主なので、解脱《げだつ》するまで自由にさせてもらっているんですよ」

と、冗談でごまかした。

が、すらりと伸びる長い腕、しなやかな太腿の丸みを目の前にしていると、緊張感が先走り、頬っぺたがカッカとほてってくるのだった。

「真理さん……、あのね、駅長さんは三十八歳にもなっているのに、まだ独身なのよ。流行《はや》りの言葉で言うと、イケメンさんでしょう。ですから、気をつけなさい。きれいな女性には手が早いとか」

余計なことを言わんといてくれ！　龍平は腹の中で大いに憤慨した。悪い先入観を持たれたら、話したいことも、話せなくなる。

言いたいことを言った女将は、真理さんの手をつかむなり、さあ、行きましょう。駅長さんはここで応援してくださいねと捨て台詞《ぜりふ》を残して、コートへ走っていったのだ。

それから約三時間後……。

龍平は貝塚真理さんを、道の駅の駅長室に招いていた。いや、龍平が招いたというより、彼女のほうから押しかけてきたといったほうが適切かもしれない。

二年前、事故で亡くなった若いご主人のお墓を、どうしたらよいのか……、相談に乗っていただけませんか、というのだ。駅長さんは手が早いから、気ィつけや！　などという光子女将の忠告など、すっかり忘れているふうだ。

亡くなったご主人の実家は福井県の高浜町《たかはま》とかで、彼の両親は高浜町に新しいお墓を建てたいと言っているらしい。若くて後家さんになった真理さんは、生活の拠点になっている和歌山県内にお墓を造り、納骨したいという強い希望を持っているのだ。

福井県までお墓参りに行くのは、遠すぎる、と。だいいち、交通の便が悪すぎる。

薄手の白いセーターにジーパンという、いかにもスポーツウーマンらしいファッションに着がえてきた真理さんは、長い太腿の上で指を組み、うつむいた。初めて会った新米坊さんに、亡き夫のお墓をどうすればいいのか、そんなことを、ついつい相談してしまったことを、後悔しているふうだった。

コーヒーを淹《い》れながら龍平は、彼女の前に、やや重い気分に浸って腰を下ろした。

明安寺の墓地にはいくらでも空き地がある。お寺に出入りしている石材店に頼んだら、格安で墓石を作ってくれるだろう。

だが、どうにも陰気臭いのだ。バレーボールをやっていたときの彼女の姿には、哀れにも後家さんになってしまったという暗さなど微塵も感じられなかったのだが、いざ、二人だけになってみると、肩を落とし、元気がなく、顔色も冴えないのだ。

自分で淹れたコーヒーをひと口すすって、龍平は彼女の顔色を、再度うかがったが、まったく元気がないのだ。

「今ごろになって、お聞きしても詮無《せんな》いことですが、ご主人は事故で亡くなったとか……？　車ですか」

ふっと彼女の顔があがり、そして実に寂しそうに目尻をゆがめた。

「車ではなく、オートバイで……」

「そうすると、車と衝突したとか？」

「そうじゃないんです。脇見をしていて、電信柱に衝突したらしいんです」

「ええっ、脇見運転……？」

ちょっと信じられない。

が、彼女の話しぶりからして、そのとき真理さんが同乗していなかったことは、ほぼ間違いない。うんっ……？　龍平はまたうつむいてしまった彼女の顔を、下から覗きこんだ。

泣いているのだ。手にしていたハンカチで目尻を拭っている。

しまった！　龍平は大いに悔やんだ。彼女にしてみると、二年ほど前のショックが激しくぶり返してきて、つい涙ぐんでしまったのだろう。

「あの……、そのとき主人は、オートバイの後ろのシートに女性を乗せていたんです」

思いつめたように漏らした彼女のひと言に、龍平はますます滅入った。

二十四歳の若い旦那は、これほど麗しい女性を娶《めと》ったのに、裏ではちゃっかり浮気をしていたということだ。単なる友人を乗せての事故でないことは、彼女の様子を見ている限り、一目瞭然である。

「危ないですよね、二人乗りのオートバイは……。ぼくもときどき見かけますが、後ろのシートに乗った女の人は、ドライバーの腰にしがみ付いている。あれじゃ、男は平常心でいられないこともあるでしょう」

ますます、いけない。

若い後家さんの背中は卑屈なほど丸まっていき、鼻をすするのだ。

が、健気《けなげ》である。浮気が元で事故を起こしたかもしれないご主人のお墓を、自分で建ててあげようと、坊主に相談しに来たのだから。

「事故を起こして亡くなったあと、わたし、初めて知ったのです。義彦《よしひこ》くんにはわたしと結婚する前からの女性がいて……。彼の遺品になった携帯のカメラに、何枚もの証拠写真が残っていたから」

義彦くんとは亡くなったご主人の名前なのだろう。

「仲よく並んで……、とか？」

「いえ、ベッドに寝て……。二人ともヌードだったんですよ。自撮りしていたんですね」

あーあっ、最悪だ！　そんな証拠を残すなよ。

事故にあったその女性が、どうなったのか？　亡くなったのか、それとも怪我で済んだのか……。が、そんなことは聞かないようにしよう。真理さんの気持ちを逆撫でするだけだろうから。

「わたし、決めたんです。義彦くんのお骨《こつ》はどうしても和歌山にお墓を建てて、入れてあげよう、と」

「浮気をされても、愛しているんですね、今でも」

「いえ、そういうことじゃなくて、福井県のお墓に入れたら、義彦くんはまた浮気をするかもしれません。だって、わたしの目が届かなくなります。そうたびたび福井まで行って、お墓参りができません。わたしの身近に置いて、しっかり監視していないと、あの人はまたあの世で事故を起こすと思います」

うーん……、なんと答えてあげればいいのか、すぐには言葉が浮かんでこなかった。紀伊半島の最南端から福井県の片田舎までの道のりは、かなりある。列車で行くにしても、マイカーを走らせるにしても、長旅になって、何度も通える場所ではない。

「貝塚さんのお気持ちは、理解できるような、できないような……。しかし新米坊主では、うまい言葉が出てきません」

「でもね、わたし、ひとつだけ決めていることがあるんです」

「和歌山県内に、亡くなったご主人のお墓を建ててあげることでしょう」

「はい。できるだけ人目につかないところがいいんです。それで、そのお墓の前で、素敵な男性に抱かれて、キスをして、あの人に見せつけてあげるんです。そんなこと、福井のお墓じゃできません」

「ええっ、お墓の前で復讐のキスですか」

「そのくらいの権利は、わたしにもあると思います。彼はとってもチャーミングな女性を裸にして、ベッドインしていたんですよ。最近になって、やっと悔しさが薄れてきましたけれど、わたしだって、絶対、素敵な男性を見つけて、優しくハグしてもらって、情熱的なキスをして……。ねっ、お坊さま、そのくらいのことをしても、罰は当たりませんでしょう」

駅長室に入ってきたときは、すっかりしょげていた様子だったのに、復讐の抱擁、接吻の話になってから、彼女の頬がポッと染まってきた。やる気満々のようだ。

うんっ……！　ということは、すでに素敵な男性が見つかっていて、墓を建てるだけになっているのかもしれない。ようするに、適当な墓地が見つからなかったとき、たまたま二人が出くわして、相手が坊さまであることを知って、彼女は墓地の話を始めたのだ。

「その……、接吻をしてもらう相手は、決まっているんですか」

坊さまにしては、ヤボな質問を発していた。

正直に答えるはずもないのに。

真理さんがキョトンとした視線を向けてきた。

「えっ、接吻をしてもらう相手って、誰のことですか」

「いや、ですからね、お墓を建てるのを急いでおられるようですから、すでにお相手が決まっていて、その新しい恋人は接吻のチャンスが訪れてくることを、じっと待ちのぞんでいるとか……」

彼女の目元が、クシャクシャッとゆがんだ。笑いを必死に抑えているふうな。

おれの失言だったかと、龍平はまた己の先走りを恥じた。

そのときになってやっと、真理さんは長い手を伸ばしてコーヒーカップをつかんで、ひと口飲んだ。ほんの少し、二人の間に立てられていた見えないカーテンに、ちょっぴり隙間ができたようだった。

「グッド・アイディアを思いつきました」

晴れ晴れとした表情になって、彼女は声音《こわね》を一段と高くした。

バレーボールの日本代表選手である井上選手とよく似た、ちょっと茶目っ気のある朗らかな笑顔になっていた。

やはり、この女性は笑顔がよく似合う。陰気臭い表情は、スポーツウーマンの明るさを薄くしてしまう。

「ほーっ、どういうことですか。よろしかったら、聞かせてください。せっかくこうしてお会いしたのですから、ぼくにできることだったら、なんでもお手伝いさせていただきますよ。もちろん、亡くなったご主人のお墓をどこに建てるのか、ぼくでよろしかったら、お任せください」

龍平は鷹揚《おうよう》に、ポーンと胸を叩くつもりで言った。

「あの……、お相手がお坊さまでしたら、仏さまから罰を与えられても、半分くらい許してくださるでしょうか」

「えっ、どういうことですか」

「ですから、まだわたし、素敵な男性が見つからないんです。でも、義彦くんには一日でも早く見せつけてやりたいので、あの、松ヶ崎さんにハグしていただいて、それから熱烈なキスをしたら、わたし、それだけで、清々すると思うのです」

大真面目な表情を作って、きっぱり言い放たれ、またしても龍平は返事に窮した。確かに、グッド・アイディアである。坊主は口が固いし、お墓を建てる場所はおれの一存でどうにでもなるから、長くて熱い抱擁を交わしても、他人の目にふれない場所を選ぶなどは、簡単なことである。

うん……！　もしよかったら、二人は素っ裸になって抱き合ってもよろしい。

そのくらいの要求には、快く応じてあげられる。

「真理さん、面倒なことをいつまでもグチャグチャ考えていることは、軀に毒です。真理さんの人生はこれからまだ長いのですから、一刻も早く決着を付けてしまったほうがよろしいと思いますね」

「あの……、決着って、どんなことですか」

「これから墓地を見に行きましょう。父親が住職をやっているお寺の墓地ですから、心配ありません」

龍平はセカセカと立ちあがった。思い立ったら吉日である。

真理さんはびっくりして見あげてきた。龍平はいかにも坊さんらしい、慈《いつく》しみをこめた微笑みを投げかけていた。


時計の針は、夜の七時近くになっていた。『道の駅　くまの』から四キロほど離れた小高い丘の一角に、明安寺の本堂が建立されている。そのあたり一帯は寺の敷地になっていて、ゆるやかな斜面を墓地に使用している。

墓石の数はおおよそ三百。

夜間の防犯用に設《しつら》えた街灯の、ぼんやりとした青白い光に照らされているものの、春の太陽はすっかり西の空に沈み、なんとなく薄気味悪い。ナマクラ坊主であるから、薄闇の墓地という環境は、なおさらのこと恐怖心を煽《あお》ってくるのだが、唯一の助けは、左腕にしっかりしがみ付いてくる貝塚真理さんの、温かい体温だった。

「夜になってからお墓に来るなんて、初めてなんですよ。ですから、ちょっと怖いんです」

龍平の運転するマイカーから下りるなり、彼女はそう言って、すがってきたのである。背丈はほぼ同じであるから、彼女の口から吐き出される息が首筋に当たってきて、なんとなく悩ましいのだが、やはり、ずらりと建ちならぶ墓石を目にして、こんな時間に来るんじゃなかったな……、と、龍平は車を下りたときから大いに後悔しているのだ。

墓参りに来る遺族のために、墓石は四つずつを一区画とし、その間に石畳を敷いて、歩きやすくしてある。

「もう少し歩いていただくと、空き地があります」

適当なことを言って、龍平は先を急がせた。

できるだけ早急に、墓石の連なる石畳を抜けてしまいたい。去年の夏、ある門徒衆から聞いた。明安寺のお墓で青白い火の玉を見かけまして、三途《さんず》の川を渡ることのできないご遺体から、フワフワ立ちのぼってきたのかもしれません……、と。火の玉は燐《りん》らしいが、墓地で目にしたら、それは霊魂、お化けの一種になるだろう。

間違っても、そのようなお化けとは、面会したくない。

十分ほど歩いて、やっと墓地から抜けることができた。

小高い丘の頂《いただき》になっていて、あたりには松、杉、竹などが植えられている。

お墓を抜けても、真理さんの手は離れていかない。それもそうだろう、ちょっと見わたせば、夜のお墓が、ぞろぞろと並んでいるのだから。

「真理さんのお住まいはどこなのか知りませんが、ここだと、そう遠くないでしょう。お参りにも来やすい環境にあると思いますが」

「丘の上のほうまで歩いてきますと、お参りの方もほとんどいらっしゃらないんでしょう」

「そうですね。ここまで登ってくる人はいないでしょう」

あれっ……？　この後家さんは、おれより臆病者だったのか。そのときになって、龍平は気づいた。左腕にぴったりしがみ付いている彼女の指先が、小刻みに震えている上に、よく見ると、しきりに唇を舐めているのだ。

道の駅では勇ましかった。

事故死した主人のお墓の前で、素敵な男性にハグされて、熱烈なキスをし、見せつけてあげるのです。そのくらいの権利はわたしにもあるでしょう……、と、ある種、復讐の念に燃えていたのに、こんなに震えていたら、キスもできないだろう。

下手《へた》をしたら、舌を噛んだりして。

「いかがですか、ご主人のお墓を建てる環境としては、申しぶんないと思いますが」

坊さんの端《はし》くれである自分でも、いささか気分は落ちつかないものだから、龍平は早々に引きあげたくなった。道の駅から出かけるときは、あわよくば……！という下心が、少なからずあった。キスまでできなくても、この優美なる女体を両手でしっかり抱擁できるチャンスに恵まれるかもしれない、と。

が、そんな雰囲気はさらさらない。

「あの……、こんな気味の悪い場所でも、素敵な男性にハグされたら、素敵な気持ちになるのでしょうか」

聞いてきた声も、いくらか震えている。

「そうですね。ぼくは、お墓とは非常に縁のあるお坊さんですが、いまだかつてお墓で女性を抱いた経験がないので、なんと申しあげてよいのか、まったくわからないのです」

「軀が激しく震えて、キスをしたくても、唇とか歯がカタカタ震えて、ぴったり合わないかもしれません」

　おれだって、自信はない。

　しかし、だんだんかすれ声になっていく真理さんの、すっかり弱気になってしまった様子を見ていると、オメオメと引き下がることはできなくなってくる。男だったら……、いや、坊さんだったら、この麗しい後家さんを勇気づけてやらなければならないと、改めて龍平は丹田《たんでん》に力をこめた。

「まだ義彦さんのお墓はできていませんが、予行練習をしてみましょうか」

「えっ、予行練習って、なんの……、でしょうか」

「ですから、お墓を眺めながらわれわれ二人はハグをして、それから接吻をしたら、果たして、どのような気持ちになるのか……、そのことをお互いに試してみる、という」

「こ、ここで、でしょうか」

「予行練習をやってみた結果、なんの感動……、いや、快感とか気持ちのよさがなかったら、こんなところに義彦さんのお墓を建てる必要はないでしょう。むしろ、遺骨はすべて福井県のご実家に引きとっていただいたほうが、清々するんじゃないでしょうかね」

いくらか冷ややかな声で、龍平は言った。

「いえ、あの……、その、どんな気持ちになるのか、試してみないとわからないでしょうね。じゃあ、やってみてください」

「ええっ、キスを、ですか」

「最初は、ハグから始めるのが、普通の形じゃないでしょうか。そうして、お互いの気分が高まってきたら、あの……、キスに発展していくものだと思います」

わりとしっかりとした口調で語られ、思わず、龍平はコクンと生唾を飲んだ。

ひょっとしたら……、という下心は、にわかに現実味を帯びてきたのである。

彼女の言葉を聞いているうち、墓地に入ってからずっと、自分の胸の内に澱《よど》んでいた臆病さは、跡形もなく消えうせていった。熱い男の欲望なんて、そんなものだ。

「それじゃ、やってみますか」

実にムードのないひと言を吐いて、龍平は両手を伸ばした。そして、彼女のウエストを抱きくるめ、引きよせた。トレーニング・シューズを履いていた彼女の足が、地面の石につまずいた。

井上選手似の健康的な下肢も、このような緊迫場面にはもろいらしい。

よろっとよろけた真理さんの上体が、ふわりと胸板に寄りかかってきたのである。力強く抱きくるめる。男の力を拒否するしぐさは感じられない。

へーっ！　立派な体型だったんだ……。龍平は認識を新たにした。体育館で見た彼女の外見は、もっと細身だと思っていたのに。だが、両腕にもたれかかってきた彼女のウエストは、見た目以上にしっかりとして、肉の厚みがあったのだ。

おばちゃんチームであっても、さすがに、エース・アタッカーの肉体！　である。

だが、真理さんの両手は行き場を失ったように、龍平の胸板で右往左往する。男の軀に慣れていないようだ。しかも指先の震えはますます激しくなって、ジャケットの下に着ていたスポーツシャツ越しに、はっきり伝わってくるのだった。

「あの……、わたし、こんなことをしてもよろしいのでしょうか」

おびえ声である。

「ぼくは、なんとも言えませんね。ぼくは坊主でも、これから真理さんがやろうとすることを、たしなめたり、説教するほど修行は積んでいませんから。今は道の駅の駅長になっていたほうが気楽だし、愉快だと思いますよ」

「そんな突き放したおっしゃり方は、やめてください。わたし、怖いんです」

「お墓が……、ですか」

「いいえ、義彦さんと結婚してから……、いえ、結婚するまで一年半ほどお付き合いをしていましたけれど、義彦さん以外の男性に、こんなふうに抱かれたのは初めてで……、ですから、これからどんなことになるのか、怖くなってくるのです」

三十六歳の後家さんにしては、とても初心《うぶ》だ。

言葉で説明するのはもどかしい。

彼女のウエストを抱きしめていた右手を、ユルユルとさかのぼらせ、背中を撫でてみる。うーん……、背中の筋肉もそれなりにある。薄いながらも肉が張っているのだ。だが、偶然ふれてしまったブラジャーのストラップに、いきなり龍平は、彼女の女らしさを感じた。

女性スポーツ選手は、おおむね乳房が小ぶりだ。

テレビで放映された井上選手の胸も、思い出してみると、決して巨乳ではなかったようだ。が、乳房の大小とは関係なく、背中に巻きつくブラジャーのストラップは、女の魅力を強く感じさせるものだと、龍平は改めて気づいた。

そのあたりを重点的に撫でまわす。

真理さんの上体が、ユラユラッと揺らめいた。

なんとなくくすぐったそうに……。

背中を撫でていた手が、急降下した。ウエストを通過して、臀部まで下がらせる。これは素晴らしい！　ジーパンの上からではあるが、バーンと張った肉の隆起は、強い躍動感を秘めている。

できることなら、ジーパンの上からではなく、バレーボールの練習をしていたときの、薄手のショートパンツだったら、もっと嬉しかったのに。

「あーっ、そんなところを、さわらないでください」

かすれ声をあげた真理さんは、龍平の手から逃げるように、つま先立った。そして首筋を反らしていくのだ。

「ぼくの手の感触は、好みじゃありませんか」

「いえ、そうじゃなくて、あの……、松ヶ崎さんの手は、わたしのお臀をさわっていらっしゃるんですよ。モゾモゾと動きまわって」

「大人同士の抱擁です。真理さんほど素敵な女性を抱いたら、ぼくの手はたいそうわがままになって、勝手に動きまわってしまいます」

「あん、それじゃ、わたしの手はどうすれば……？」

「そうですね。ぼくの背中を抱いてくれるか、それとも首筋にしがみ付いてくるとか……、どちらでも、ぼくは非常に光栄ですね」

どこからともなく漏れてくる薄い明かりを受けた彼女の顔と、至近距離でぶつかった。ほとんど同じくらいの背丈は、お互いが強く求めることもなく、自然と唇が接近していく。

荒い息遣いが吹きかかってきた。

「義彦さんはわたしを裏切って、かわいらしい女の子と浮気をしていたのです。ですから、一度は仕返しをしてやるって、わたし、ずっと作戦を練っていたんですよ」

「浮気の仕返しですね」

「義彦さんに負けない素敵な男性を見つけて……」

「そう簡単に見つからないでしょう」

「でも、今、こうして松ヶ崎さんに……、あん、こんな寂しい場所で優しく抱かれていると、仕返しの気持ちが薄れていくんです。亡くなった人に、仕返しなんかできない、と。それより、今のチャンスを逃がしたくないという気持ちが強くなっています」

「ぼくもほとんど同じ気持ちでしょうか。真理さんとは今日初めてお会いしたのに、何年かぶりに再会した昔の恋人のような気がして」

「嬉しい……。だって、松ヶ崎さんは全然お坊さまらしくなくて、国体に出場されていた、なにかのスポーツ選手のように思えてくるんです。わたしのウエストを抱いてくださる腕が、ものすごくガッシリして……。わたしの勝手な想像ですが」

「いや、国体に出るほど優秀な選手じゃなかったんですが、学生時代から剣道をやっていましたよ。これでも一応、三段の免状を持っているんです」

「えっ、剣道を……！」

「今でも、時間に余裕があるときは、お寺の境内《けいだい》で木刀を振って、鍛錬しています。だから、どこにも贅肉《ぜいにく》は付いていないでしょう。信じてもらえなかったら、腕とか胸板を、直接さわってみてください。わりと丈夫な筋肉をしているはずです」

　スポーツシャツの上で行き場を失っていた彼女の指先に、突然、力が加わった。人差し指、中指の腹で乳首のまわりを、押してくるのだ。

「ああん、硬いわ」

指の動きを止めないで、真理さんはうっとりとした声でささやいた。

胸をさわられて、龍平もどんどんその気になっていく。

「シャツの上からじゃ、よくわからないでしょう。裾から潜ってきてください」

龍平はかなり厚かましく言い、ズボンの内側からスポーツシャツと肌着の裾を抜き取り、たくし上げた。

あん、ほんとうに、直接さわってもよろしいんですか……。真理さんはかすれ声で確認を取ってきた。大歓迎だ。誰も見ていない。万が一にも覗き見してくるふとどき者がいるとすると、松林に生息しているリスかキツネくらい。うん、それだけじゃないな。三途の川を渡りきれないで、墓地の上をユラユラ浮遊している霊魂が、ヤキモチの視線を向けてくるかもしれない……。

そんなおっかなそうなことを考えても、墓地に入ってきたときの恐怖心はどこかに消えてしまって、一秒でも早くさわってほしいと龍平は、さらに高くシャツをたくし上げた。

うっ……！　龍平は彼女に気づかれないよう、小さな声を出した。

彼女の指先が、チロチロと乳首をこねてきたからだ。ピクンと乳首が尖っていく。自分でもはっきり認識したほど、鋭く跳ねる。

うぅっ……！　龍平は、またうめいた。指先でさわるだけでは物足りなくなったのか、真理さんは手のひらを乳首にあてがい、揉んできたのだ。胸板をヤワヤワと圧迫してくる。

「素敵です。胸の筋肉が、バーンと張っているんですね。とっても分厚い感じがして、弾力があって」

「気持ちいいですね。さわり方がお上手だ。お断りしておきますが、こんなふうにさわられて、気持ちよくなっていくと、ぼくはものすごくわがままな男になっていきますが、許してくれますね」

「ああん、わがままって、どんなふうに……？」

余っていたもう一方の手で、背中を抱きしめてくる。さわれるところには、積極的に手を伸ばしていこうとする、意欲がうかがえる。

「たとえば……、ぼくの乳首はふたつあるんですよ。今、ひとつ余っています。かわいそうでしょう。だから、その……、キスをしてみるとか」

「ああーっ、松ヶ崎さんて、ほんとうに素敵な男性だったんですね。わたしも今、同じことを考えていました。でも、今日お会いしたばかりなのに、おっぱいにキスするなんて、図々しすぎるでしょう。ですから遠慮していたんです」

「こうした場合は、遠慮は禁物です。お互いにやりたいことをやったほうが、有意義で愉しい時間をすごせると思いませんか」

自分の気持ちを精いっぱい、彼女に伝えたくなった。即効性のある方法は……？　そこまで考えたとき、龍平はいきなり、ジャケットを脱ぎ捨て、スポーツシャツと肌着を頭から抜いた。

春の便りは少しずつ届いてくる季節になったが、夜風は寒いはずだ。が、大昂奮の肉体は、寒さをまるで感じない。

それ以上に……、

「ああっ、あの、松ヶ崎さん！」

切れ切れの声を放った真理さんが、一歩退《しりぞ》いて、薄闇を透《す》かすようにして、じーっと目を凝《こ》らしてきたのだった。火事場のバカ力みたいな勢いにのって、さっさと肌着まで脱いでしまって、龍平はやや気恥ずかしい。

子供の遊びじゃなかった、と。

「裸になったほうが、さわりやすいし、舐めやすいでしょう」

龍平は苦しい言い訳をした。

「こんなことを言ったら、変な女だと思われますか」

「変な女……？　真理さんが……？」

「わたし、男の方の体臭とかお味が大好きなんです。少し汗っぽい感じの」

「ぼくだって、そうですよ。女の人の匂いは、たまらない刺激を呼びさましてきますしね」

「ああん、わたしにぺろぺろ舐められても、松ヶ崎さんは気持ち悪いって、怒らないんですね」

「怒るなんて、とんでもない。どこでもどうぞと、両手を広げてお迎えしますよ」

「乳首だけじゃありませんよ」

「ほーっ、たとえば、ほかのどこを……？」

「腋《わき》の下とか……」

「ひどく汗臭いでしょう。だいいちぼくの腋の下は、ムダ毛が多いから、体臭は強いはずです。それでも、構わないとか？」

「いやーん、わたし、ものすごくエキサイトしてきました。だって、臭いんでしょう。人間の味覚とか臭覚は、人それぞれですから、腋の下の臭いとかお味が好きでも、変な人じゃないと思います。ねっ、もう我慢できなくなってきました。早く両手を高く上げてください」

これほど愛らしいスポーツウーマンが、腋の下の臭いや味が好きだなんて、なんとワイルドな！

一歩退いていた彼女の足が、一歩半、近づいてきた。

裸になった胸板のまわりで、鼻をクンクン鳴らすのだ。まるで餌にありついた子犬のように。とてもくすぐったい。が、この若い後家さんの要求を快く受け入れてあげなければと覚悟して、勢いよく両手を広げた。

真理さんの顔が胸板目がけて急接近した。またしても、鼻をクンクン鳴らして、男の体臭を嗅ぎとっていく。しかし自分の体臭を嗅がれたり味わってもらうより、ガバッと抱きしめたい衝動にかられた。

久しぶりに出会う逸品女性である。

うう……！　龍平は、つい声を漏らしてうなった。

乳首の先端を、ペロペロッと舐められたのだ。男にとっても乳首は、官能神経のツボである。その快感は、全身にビリビリ伝わっていく。ましてやこの場所は、すぐそばに墓地がある高台の一角で、男女が睦《むつ》みあうゾーンとは言いがたい。

そんな異様な環境が、昂奮を爆発させていくのだ。

「あん、松ヶ崎さん……、いやーん、乳首が尖ってきました。勃起した乳首は、お味が濃くなってくるんですよ」

えっ、それって、ほんとう……？　聞きかえしたくなったが、真理さんの舌のうごめきはどんどんねちっこくなってきて、うまく言葉にならない。右の乳首から左の乳首へ……。その繰りかえしで、乳首のまわりは唾液《だえき》まみれになってくる。

しかも彼女の手は、裸になった胸、脇腹、背中を這いまわる。

その感触が股間に伝染していき……、えっ、いつの間に、だ！　トランクスの内側で、男の肉がビビーンとそそり勃《た》っていたのである。乳首を舐められたくらいで勃起したことなど、このところ、なかったはずなのに。

男の肉の勃起は、次第に自制心を破壊していく。

（おれだって、負けちゃいられない）

やや腰を折って乳首攻撃をしてくる真理さんの、薄手のセーターに手をまわした。おれは舐められているのだ。さわるくらいは許されるだろう……。自分勝手に判断して、ゆるく開いたセーターの胸元から手を差しこもうとした。

そのときふいに、真理さんは腰を立ち上げた。

呼吸は荒い。しきりに舌なめずりをしている。

（ふーん、やっぱり、さわられるのはいやなのだろう）

いささか、がっかりした。いくら勇ましいことを言っても、いざとなると女の人は尻込みをする。無理をすることはないと、龍平は手を引いた。

「ねっ、松ヶ崎さん、お願いがあるんです」

「ごめん……。あのね、ぼくは半分くらい坊さんだけれど、これでも男なんだ。乳首を舐められて、脇腹や背中を撫でられると気持ちよくなって……、その、真理さんの軀をさわりたくなる。男の欲が目を覚ましてきて……。でも、やめるよ、やっぱり、さわられたくないだろうからね」

言葉尻が僻《ひが》みっぽくなった。

「ああん、そんなこと、申していません。いいわ、セーターを脱いでもいいんですよ。でもね、今日のこと、キャプテンに内緒にしてくださいね。これだけは、必ず守ってください」

「えっ、キャプテンて、誰？」

「今池さん。光子女将……、です。彼女にこんなことが知れたら、明日は百倍になって、噂が広がってしまって、わたし、バレーボールの練習に行けなくなります」

なんだ、そんなことだったのか。必ず秘密にしてほしいのは、自分だって同じである。目の前に並ぶ墓石は父親の管理下にあって、そんな神聖な場所に、息子が女性を連れこんで乳繰り合っていたなんていうことが世間さまに知れわたったら、二百余年の歴史ある古刹は、ただちに店仕舞いをしなければならない。

安心してもらいたい。ナマクラ坊主でも、口は固い。

「今夜のことは、いっさいを他言無用にしましょう。ぼくの願いは、真理さんの気持ち……、そう、亡くなったご主人に対する恨みが、少しでも晴れればそれでよいと、そんなふうに考えているんです」

龍平は坊さんらしいオチを付けた。

「それじゃこれから、松ヶ崎さんに心から甘えて、すがってもいいんですね」

「こんなお墓の見えるところじゃ、ちょっとおっかないし、落ちつかないようだったら、場所を変えますか。お寺に戻ったら、ぼくの部屋もありますから」

「いえ、ここがいいんです。だって、お墓のすぐそばで素敵な男性にハグされて、それからキスができるなんて、こんなチャンスは二度とありませんでしょう。だって、もう、わたしは松ヶ崎の乳首を舐めているんです。あなたのお味とか匂いが、口いっぱいに広がっているんですよ」

言葉の終わらないうちに、ふたたび真理さんの顔が、ペタリと胸板に張りついてきたのだった。舌が出た。いくらか尖らせた舌先に、乳首を載せるようにして、弾いたりする。お互いの了解があったせいか、彼女の舌の動きはますます積極的になってきて……、ああっ！　龍平は上体をくねらせた。

彼女の唇が、脇腹にまわってきたのだ。

「万歳をしてください」

彼女の小さな声が脇腹に響いた。

間違いない、この女性の舌は腋の下に侵入してくるだろう。しかし、ものすごく汗臭いから、やめます……。そう言ってきたら、やめるだけだ。龍平は高く両手を掲げた。真理さんの足がほんの少し左側にまわってきた。脇腹を舐めていた舌も一緒にまわってくる。

くすぐったさと気持ちよさがごちゃ混ぜになって、龍平は上体をよじった。が、両手は万歳状態にあるので、すぐ目の前にある胸の膨らみは、涎を垂らして眺めるだけ。

「あっ、これっ！」

龍平はつい、大声を発した。

避けることもできない。彼女の舌が腋毛の中に、ヌルヌルと這ってきて、下から上に向かって、腋毛を舐めあげる。それも、何度も何度も、だ。腋毛が大量の唾液にまみれていく。

美しい女性にも、特異な趣味を持っている人もいるものだ。

ややっ！　もう止まらない。彼女の口は胸板を這って、もう一方の腋の下に移ってきたからだ。彼女は無我夢中……。昂ぶりはさらに加速し、男の肉がビクビクと迫《せ》りあがっていく。

耐えることができなくなって龍平は、万歳をしていた片方の手を下ろし、まったく無防備になっていた彼女の胸元を、鷲づかみにした。

あん……。真理さんは小声をあげたものの、腋毛を舐める動作をやめようとしない。

本心から、腋の下の匂いや味わいに酔っているふうだ。

セーターの上からなんて、ちっともおもしろくない。再度、龍平はセーターの襟ぐりから手を差しこんだ。ブラジャーの縁に当たった。かなり強引に、その内側に指先をすべり込ませる。

瞬間、真理さんはほんのわずか、上体をよじった。

その程度の抵抗は、想定内である。乳房の厚みに物足りなさはあるが、指を跳ねかえしてくる弾力は秘めている。肉の裾野から頂に向かって、指を這わせていく。なかなかさわり心地はよろしい。

フニャッと埋もれていくが、すぐに揺りもどしてくる感じもする。

「ああっ、あっ、あーっ、そこ！」

真理さんの口から、意味不明の喘ぎ声が放たれた。

指先に当たった小粒のしこりを、軽く挟んだときだった。これて、ほんの少し引っぱってみる。それまで夢中になって腋の下を舐めまわしていた彼女の口が、荒い息をゼイゼイ吐きながら、龍平の腋の下から離れたのだった。

「ちょ、ちょっと、待ってください。セーターを脱ぎます」

肩で息をしながら真理さんは、とても乱暴な手つきで、頭からセーターを脱ぎとった。目の前にさらされたブラジャーは、白のようなグレーのような。墓地の片隅に立てた防犯用の青白くて薄い街灯では、識別できない。だが、乳房全体をしっかりカバーしているデザインであることは、はっきりわかった。

脱いだセーターを、地面に向かって無造作に投げた彼女の動作が、瞬間、止まった。

龍平をじっと見つめてくるのだ。

「ブラジャーも取ったほうが、いいんでしょう?」

真理さんの声は激しく震えた。

「嫌じゃなかったら……」

龍平は短く答えた。

「だって、あなたはもう、半分裸になっていらっしゃいます」

呼び方がいつの間にか、松ヶ崎さんからあなたに変わっていた。

「真理さんの乳房にキスをしたくても、ブラジャーがあったら、できませんね」

「ああん、キスをしてくださるのですか」

「少し汗の匂いが混じっていて、美味《おい》しいかもしれない。ほんのちょっと塩味の効いた汗は格別の味でしょうからね」

「わたしと同じようなことをおっしゃって……。でも、我慢してくださいね。おっぱいが小さくても」

恥ずかしがる口調になりながらも、彼女の手はためらいもなくブラジャーのホックをはずした。あたりが薄暗がりであることも、彼女の手をスムースに動かしたのかもしれない。

ふたつのカップが、はらりと落ちた。龍平は必死に目を凝らした。墓地の街灯をもう少し明るくしておくべきだったと、反省した。

うーん、かわいらしい！　浅いお椀をかぶせたような小ぶりの乳房は、まん丸な円形を描いていたのである。

街灯の明かりがきっちり届いてこないから、乳暈《にゅううん》と乳首は色染みの深い焦げ茶色に見える。が、ふたつの乳首がピクンと勃起していて、龍平は大いに満足した。

乳首が突起していることは、女性の昂奮度を証明しているのだから。

胸からブラジャーをはずした真理さんの両手が、パッと乳房を覆った。

「いつも、自分のおっぱいを見ると、悲しくなるんです。もう少し大きくなってくれてもよかったのに……、って」

「薄暗がりだから、よく見えないんだけれど、真理さんの軀にはよく似合っているんじゃないですか。そんなに悲嘆することもないのに」

「高校時代、バレーボールばかりやっていましたでしょう。バレーボールには大きなおっぱいは必要ないって、神さまが与えてくださらなかったんです」

はにかみながら弁解する様子が、とても初々《ういうい》しい。

が、今となっては乳房の大小など、大した問題ではない。男の肉はギリギリと痛むほど勃起してくる。

「真理さん、もっと近くに来てください」

龍平は手で招いた。

「あん、なにをなさるんですか」

聞きかえしながらも、彼女の両手は胸から離れていかない。小ぶりの乳房をよほど僻んでいるようだ。近寄ってきてくれないのだったら、こちらから足を運ぶまで、と龍平は一歩足を前に進めた。そして胸を囲いこんでいる彼女の右手をつかむなり、

「ちょっと、さわってみてください」

と、かなり強引に、ズボンを穿いた股間に招いた　ああっ、どうなさったんですか……？　いくらか声を荒げた真理さんの手のひらが、それでも、ズボンの前にゆらりと軟着陸したのだ。瞬間、彼女の手が、ビクリと跳ねた。

「もう、硬くなっているでしょう」

いくらか、はにかみながら龍平は同調を求めた。

「いやだっ！　硬い棒を入れていらっしゃるんでしょう」

かなり上《うわ》ずった声に聞こえた。

「おっぱいが少しくらい小さくても、ぼくの肉は、こんなに昂奮して、さっきからビクビク脈を打っているんです」

やっとのことで乳房を囲っていた左手も、硬い肉を求めてズボンの前に重なってきた。

その形を、はっきり見定めることはできないが、あらわになった両の乳房は、とてもかわいらしい膨らみを描いていたのである。こんなに美しい乳房を与えられているのに、文句を言っちゃいけない。

だが、真理さんの軀は、少しずつ、少しずつ、ずり落ちていくのだ。膝を曲げて屈みこもうとしているように。ズボンの前をまさぐってくる両手の指は、裏筋を跳ね上げ、屹立《きつりつ》する男の肉の実際を、ジワジワと盗みとっていくように動きつづける。

彼女の視線が、ふっと浮きあがってきた。

「あの……、ねっ、あなたのここは、腋の下より、もっと濃いお味とか匂いがするのでしょう」

「それはまあ、そうかもしれません」

自分で匂いをかいだことはないから、よくわからない。

「お願い……、あーっ、お願いします。おズボンを脱いでください。パンツまで脱いでくださいなんて、厚かましいことは申しません。でも、せめて、パンツの上からでも、あなたの香りを嗅いでみたいのです」

すぐに龍平は推測した。

ズボンを脱いだとき、この女性はトランクスの膨らみに鼻先を寄せてくるだろう。昂ぶりの激化した人間は、男女を問わず欲深くなるものだ。次はトランクスを脱いでくださいとおねだりしてくるに違いない。

断る理由はなにもない。だが……、

(おれはこれでも、坊さんの端くれだぞ)

ほんのちょっと龍平は、己の立場を整理した。

この墓地に貝塚義彦氏の墓石が建っていたら、言い訳もできそうだが、今のところ、真理さんとはなんの関係もない故人のお墓だらけなのだ。そんな場所で、おれは素っ裸になっていいものだろうかという、坊さんらしい思考が、ふっと芽生えてきたのである。

だが、しかし……、

(トランクスを穿いているか否かなど、関係ないだろう)

厳《いか》めしい坊さんの戒《いまし》めを、あっさり捨て去った。できるだけ早くズボンを脱いで、この麗しい後家さんの欲望を満たしてあげたい。ある意味、それが仏の道の本道ではないかと、適当な理屈をつけていた。

だいいち、この場所は墓石もない薄暗がりで、なにをやっているのかはっきりわからない。そう自分勝手に決めたとき、龍平の指はズボンのベルトを素早くほどいていた。ズルズルとズボンがすべり落ちていった。

「ああっ、こんなに……！」

かすれ声を発した真理さんの腰が、ガクンと落ちた。

膝の前にしゃがんで、トランクスの膨らみを撫でまわしてくる。あーあっ、やはり！　彼女の顔がトランクスの膨らみに急接近してきたのだ。すり寄ってくる。トランクスを突き破る勢いで迫りあがる亀頭の先端で、真理さんはまた、鼻をクンクン鳴らした。腋の下の匂いより、はるかに強烈な体臭が放たれているはずなのに。

彼女の激しい息遣いに、男の肉が吸いよせられていく感じもする。勝手に龍平の股間が迫り出していくのだ。

「いやーん……」

甘えた声で抗議してくる。

しょうがない。トランクスの内側で勇ましく伸びあがる男の肉が、彼女の鼻をグイグイ押しまくるからだ。

あっ、そんなに動かないで！　急に龍平の声は上ずった。彼女の鼻先が肉筒の裏筋をズルズル下がっていくからだ。そこは男の玉の隠れ場所。刺激が強いのだ。なのに、ああっ！　真理さんは舌を出し、トランクスの上からではあるが、男の玉を舐めるように、含むように、口を遣《つか》ってくるのだ。

あーあっ！　もう防ぎようがない。

唇で男の玉を虐《いじ》めながら真理さんの指が、トランクスの裾口から、するりと侵入してきた。人一倍多毛な陰毛に指先をすき入れ、毛先をよじったり、撫でたりする。

「いっぱいなんですね」

真理さんのくぐもった声が、男の玉から伝わってきた。

「いっぱい生えているから、気持ち悪くなったとか？」

「いいえ、ヘアがいっぱい生えている人って、大好きです。だって、匂いがこもりやすいでしょう。ああん、わたしの大好きな匂いがいっぱい……」

反射的に龍平は、腰を引きそうになった。

陰毛をいじっていた彼女の指が、大筒を這いあがってきて、ふわりと亀頭にかぶさってきたからだ。ネチョネチョ……。卑猥な粘り音が、彼女の指の動きに合わせ、トランクスの内側から漏れてくるのだ。知らぬ間に、かなり大量の先漏れの粘液が湧出していたらしい。その粘り気を、まるで厭《いと》う様子もなく、真理さんは指先でこねまわしてくるのだ。

先漏れの粘液が潤滑油になって、それは心地よく刺激される。

彼女の指がうごめくたび、股間が弾《はず》む。

（ちょっと、困ったぞ……）

どうすればいいのだ？　と。亀頭に感じる刺激が、股間の奥をカーッと熱くしていくのだ。この症状は吐射をうながしている。それじゃ、行きつくところまで行ってしまうのか？

（さすがに、それはまずいよ……）

この場所は墓地なのだ。

熱い抱擁、接吻くらいなら許されるだろうが、本番の交接まで進む勇気はない。

まさかどなたかの墓石を借用して、彼女に両手を付かせての、後背位なんて、坊主のやる所業ではない。

だが龍平の、ごく一般的なためらいなど、なんの役にも立たなかった。

ひと言の断りもなしに、トランクスの裾口から手を抜いた真理さんの指は、すぐにトランクスのゴムに掛かって、ズルリと引き下げられたからだ。最大限に膨張した男の肉が、ゆさりとバウンドしながら跳ねあがったのだ。

「おっきい！　太いんですね」

彼女の簡単の声は、とても短かったが、実感がこめられていた。

「わりと元気でしょう」

いくらかへりくだって、龍平は言った。

抵抗のしようもないのだ。まさに、成されるがまま。すぐさま真理さんの指は、先漏れの粘液で汚れている亀頭にかぶさってきて、改めて、ヌルヌルと撫でまわしてきたのだ。

「頭が大きいんですね。あーっ、わたしのお口に入るかしら……」

そのひと言に、亀頭がブルンと揺れた。間違いなく、フェラチオを示唆《しさ》している表現なのだから。

「舐めるつもりですか」

それでも龍平は念のために問いかえした。

「ああん、だって、こんなに素敵な香りがしてくるんですよ。わたしの気持ちをどんどん昂ぶらせて……。それに、とっても立派な形をして……。美味しくいただいてはいけないのでしょうか。見ているだけなんて、わたしにはできません。それって、拷問です」

だったら、あなたの好きにしてください！　半分くらいは投げやりな気分に浸って龍平は、足首までずり下がっていたトランクスを引きぬいた。もはや、身につけている衣類はソックスとシューズのみの、素っ裸。あまり見栄えのする姿ではなさそうだが、地面に両膝を付いた真理さんの顔が、肉幹の裏筋の真後ろまで近づいてきたのだった。

「あん、こんなことを言ったら叱られるかもしれませんが、とっても舐めやすい形をしていたんですね」

「えっ、舐めやすいって、どういうことですか」

つい、龍平は自分の股間を覗きこんだ。

薄暗くてよく見えないことに変わりはないが、真理さんの小さな顔が、そそり勃つ肉幹の陰に隠れてしまって、視界から消えているのだった。

「あなたのペニスは、力強く反っているでしょう。それに、太くて……。ペロッ、ペロッと、舌を思いっきり遣って舐めることができるし、ああん、鰓《えら》の下側まで舌を差しこむことができそうで」

あっ、そうですか……。そう答えるしかない。

第三者的に考えてみると、棒状になって勃起する肉幹より、確かに舐めやすそうだ。長尺《ちょうじゃく》ものではないから、女性の舌も疲れないだろう……、なんて、勝手なことを考えたりする。

ううっ……！　無意識に股間を突き出して、龍平はうなった。

真理さんの指が亀頭をつかんできたのと、彼女の舌が肉筒の根元に、ぴったり張りついてきたのが、ほぼ同時だったからだ。裏筋に沿って舌をさかのぼらせてくる。下から上に、そして、上から下に……。真理さんの舌はヌルヌル、ネバネバと上下するのだ。

うぐっ……！　龍平はまたうめいた。

鰓の下側までさかのぼってきた彼女の舌が、いきなり鈴口《すずぐち》まで這いあがってきて、先漏れの粘液を、丹念に拭き取るように舐めたその直後、彼女の口は、亀頭全体をグブリと含んできたのだった。

お口に入るかしら……？　などと、かわいらしいことを言っていた口に、ズブズブと飲みこまれていく。

口の動きはネットリとして、味わうように抜き差しする。唇の裏側が、ぴったりフィットしてくるのだ。このフェラの味わいは、肉厚の唇だけに感じる特徴である。

それに……、なんと奥深いことか！　最大膨張時は十二センチ強に伸びる男の肉は、その根元まで、ほぼ完全に飲みこまれてしまったのだ。彼女の唇が微妙に動いた。深く飲んだまま、キュッキュと肉厚の唇で締め付けながら、舌を遣ってくる。肉筒の下側を舐めまわしてくるのだ。

男は一人だと言っていたのに、その技は、卓越している！

ときおり、口に溜まった唾液をすする音色《ねいろ》が、非常に卑猥である。そうだ！その唾液には、先漏れの粘液が混じっているはずなのに、この女性は、まったく嫌がらずに飲んでいるのだ。

愛《いと》しさがこみ上げてくる。

つい数時間前、偶然に出会った関係でも、気持ちをこめた愛撫を受けたら、男は感動する。

「真理さん……、立ってください」

膝立ちになっている彼女のウエストに手をまわし、肉幹を無理やり引きぬき、龍平は抱きおこした。

「ああん、まだ……、まだですよ。とっても美味しいんです。もっとお口の中に入れて、虐めてあげたかったのに。それとも、わたしのお口は気持ち悪かったんですか……」

拗《す》ねた物言いの真理さんの唇が、まだなにかを言いたげに、鯉《こい》の口のようにパクパク開いた。押し問答をしているときではない。抱きしめて龍平は、唇を押しつけた。うぐっ……。うなった彼女の舌と、激しく粘りあった。

なんとなく生臭い唾液が、二人の口を往復する。

仕方がない、先漏れの粘液を飲んでくれた口だった。情愛の証《あかし》は、嫌がることもなく、相手女性の唾液を飲んであげることだと、龍平は常に心していた。

ゴクンと、真理さんの唾液を飲んだ。

真理さんの両手が、狂おしいほどの勢いで、ギュッと首筋に巻きついてきた。

ズブズブと舌を口に埋めてくる。彼女のジーパンに圧迫された男の肉は、ますます迫りあがる。今となって、わざわざ断ることもないだろうと、龍平は彼女のジーパンのファスナーを、引きおろした。

うっ、うっ……。わずかに反応しながらも、真理さんは腰を振って、脱がされていくことに協力してくるのだ。

もはや、墓地のすぐそばであるという罪悪感など、どこかに失せていた。彼女は片方の足を膝から折って、自らの手でジーパンを引きぬいたのだから。その勇気を褒めてやりたくなった。

「亡くなったご主人の墓石は、まだありませんよ。それでもいいんですね」

「あの……、予行練習は最後まで、きっちりやったほうが、本番で間違いを起こさないと思います」

覚悟のひと言……。

美しい女性の衣類を一枚一枚脱がせていく最終の目的は、その女性がどれほど悩ましい下着を着けているか、だ。色あいもある。もちろん、デザインも、だ。が、ここでは薄闇く、最後の一枚になった彼女のパンツを、じっくり見ている暇もなくなっていた。

一刻も早く、二人は全裸になり、ヒシッと抱擁する。その快楽のみを互いに求めていた。

龍平は手を伸ばした。真理さんのパンツのゴムに指を掛けるなり、ズルリと引き下げた。

「ああん、わたしが脱ぎます」

真理さんの声がかすれた。

かすれようが、途切れようが、この女性もできるだけ早く全裸になりたいという意思表示をしてきたのだ。目的はひとつ……、全裸のハグだ。

ふたたび片方の足の膝を折って、つま先を掲げ、真理さんは手探りでパンツを脱ぎとった。次の瞬間、真理さんの全裸が、ユラリと重なってきたのだった。夜風はかなり冷たくなっているはずなのに、胸板にぶつかってきた彼女の素肌は、とても温かい。

ドキンとした。

浅いお椀型の乳房が、ひたと張りついてきた。

乳房を貫いて、心臓の激しい鼓動が伝わってくる。

「あーっ、感じます。あなたの素敵なペニスが、ねっ、わたしの下腹に埋まってくるのです」

言いながらも真理さんは、股間をくねらせた。

男の肉の裏側に、いくらか湿ったような恥毛の群《むら》がりがこすれてくる。この女性の恥毛はどんな形をしているのだ？　匂いは？　味は？　普通だったら、さまざまな興味が湧いてくるところなのに、龍平の気持ちは妙に焦った。一秒でも早く入っていきたい、と。

「真理さん、ぼくの首をしっかり抱いていてくださいね」

気合をこめて龍平は言った。

結合体位をいろいろ考えている余裕もない。

「ああっ、ねっ、立ったままで……、なのね」

三十六歳の後家さんは、ヨミも早かった。いや、彼女自身も、今は余計な前戯より、充実した合体を望んでいるらしい。

「抱き上げます」

まだ、なにもしていないのに息があがった。

「わたしは両足を上げて、あん、あなたの腰に巻きつければいいんでしょう」

バレーボールで鍛えた長い足は、このような不安定な結合に適している。あーっ、こんなところで、こんなことができるなんて、わたし、信じられません……。歓喜のひと声を発した真理さんの両足が、ひょいと空中に飛びあがって、龍平の腰に巻きついてきたのである。

　凹と凸の合致点は、ドンピシャリ！　駅弁スタイルのような形になり、ヌルリとした生温かさが亀頭に粘ついてきた。龍平は、左右に大きく開いた彼女のお臀を両手で抱きくるめ、肉の沼地を目がけて、亀頭を突き上げた。

「うっ、あっ、ううっ……！」

　断続的なうめき声を漏らした真理さんの唇が、ふたたび、狂ったように重なってきたのだった。舌を絡めながら龍平は、亀頭をさらに埋めこんだ。膣道深くで、熱く蕩《とろ》ける襞《ひだ》が、四方八方から粘ついてきた。

　抜き挿ししながら龍平は、のっしのっしと歩を運んだ。

　歩いたほうが、亀頭は深みに嵌まっていき、ビクンビクンと弾む剛直な反り身が、女性の恥骨の裏側をこすり付けるからだ。女性が受ける刺激は増大していく。

「ねっ、いい……、いいんです。あーっ、なんと言ったらいいのかしら。こんなに感じるの、初めてよ。ねっ、あなたはお坊さまでしょう、教えてください。義彦さんは今、どこからわたしを見ているのか……」

「すぐそこにある墓石の上で一服されているか、それとも、松の小枝にとまって眺めているかの、どちらかでしょうね」

「あの人は、わたしのこと、ヤキモチを妬《や》いてくれているでしょうね。ああん、だって、こんなにわたしは気持ちよくなっているんですよ。あなたの立派なペニスは、ねっ、今、わたしのヴァギナに、あーっ、深々と埋まっていて、わたしはもう、死にそうなほど気持ちよくなっているんです」

その言葉は、亡くなったご主人に対する恨みなのか、それとも復讐心なのか、龍平にはよくわからなくなってきた。ただひとつはっきりしていることは、膣奥深くに飲みこまれた肉筒の根元を、強く締めつけてくることだった。

言いたいことを言った真理さんの唇が、ふたたび、ひたりと重なってきた。粘つく襞の蠕動《ぜんどう》は、噴射を催促してくるのだ。

「真理さん、亡くなったご主人に、なにか言いたいことは、まだありますか」

舌の絡まりをほどいて、龍平は聞いた。

声は返ってこない。彼女の顔は、肩口にばったり埋もれたまま、動かなくなっていた。えっ！　いってしまったのか？　龍平はいささかあわてた。本格的な快楽は男のエキスを膣奥深くに放ったときじゃないのか。

そこで、最後の力を振り絞って、龍平は亀頭を押しこんだ。

瞬間、堰《せき》を切って噴きあがった男のエキスが、粘る襞間に、ドクドクッと飛び散っていったのだ。そのとき、真理さんの顔がよろりと向いてきた。まるで焦点の合わない視線を向けてきていた。

「お願いします。できるだけ早く、義彦さんのお墓を建ててください。そのとき、あーっ、また本番をしてくださるんでしょう。約束ですよ」

言うことを言った真理さんの顔が、また、ゆさりと肩口に埋もれてしまった。

そして、しばらく、コトリとも動かなくなっていた。

第五章　夫婦和合は女性上位

『道の駅　くまの』の一角から、ドスの効いたガラガラ声が聞こえてきて、駅長室でのんびりコーヒー・タイムを愉しんでいた松ヶ崎龍平は、ニヤッと笑って腰を上げた。

（船長が帰ってきたのか……）

と。声の主は南紀太地《たいじ》漁港を拠点として、主にマグロ漁を生業としている緒方《おがた》大五郎《だいごろう》船長である。ひとたび出港すると、二カ月、三カ月も帰港しないことがある。

大五郎船長の持ち船は、「五郎丸《ごろうまる》」という、百五十トンほどの中型船である。大五郎船長と龍平の父親である礼栄住職は、年齢が近いこともあって、以前から懇意《こんい》にしていた。もちろん明安寺の有力な檀家の一人でもあった。

だから「五郎丸」が出港するたび、礼栄住職は漁港まで出向き、海の安全、大漁を祈願する祈りを捧げていた。

そんな関係もあって、礼栄住職が串本南駅からさほど遠くない位置に『道の駅くまの』をオープンしたとき、すぐ、大五郎船長は出店を申しこみ、「海の幸・五郎丸店」を開いた。商品はマグロの角煮、クジラの刺身、希少価値のあるクエの刺身、マグロの内臓や尾ひれを加工した珍味などをセールスポイントとしている。

もちろん、近海で獲れるイセエビ、アジ、金目鯛なども、季節によって店の屋台に並ぶ。

五郎丸店の天井からは、威勢のよい大漁旗が吊るされ、地元の人はもとより、観光客にも人気があった。赤、青、紫といった派手な色あいで染められた大漁旗は、実際、「五郎丸」の船橋ではためいた実物であるから、長年、風雨にさらされ、旗のあちこちがほつれたりしているから、なおさらのこと迫力があった。

以前は漁を終えて帰港しても、大五郎船長はあまり道の駅に顔を出さなかった。が、去年の暮からは、たびたび現われるようになって、お客の相手をし始めた。

それまでは、大五郎船長の息子である大輔《だいすけ》が店の切り盛りをしていたのだが、大輔が大阪の心斎橋《しんさいばし》に出店した鮮魚店の店長に移っていって、店員が手薄になったこともある。

しかし大五郎船長の大声を耳にするたび、龍平は苦笑いを漏らすしかなかった。大音響であるから、せっかくのお客さんがびっくりして、逃げてしまわないか、と。が、お客はますます増えているのだ。

人気の秘密は葉子《ようこ》夫人の美貌だと、龍平は確信している。

葉子は大輔の新妻であった。年齢は確か、二十一歳。去年の十月に入籍した。新婚さんだった。大五郎船長にとっては、自慢の息子の若妻であるから、かわいくてしょうがないらしい。

早く孫の顔を見たい……、は、大五郎船長の口癖で、時間があると、しばしば明安寺に顔を見せ、入魂《じっこん》の関係にある礼栄住職に、無理な願い事をする。葉子のお腹に向かって、懐妊に有効な念仏を唱えてやってくれないか、と。

せっかちな大五郎船長は、腹帯まで準備しているらしい。

が、結婚してまだ半年ほどしか経っていない葉子に、妊娠の気配はない。

一人息子の大輔と葉子が、どこで知りあったのか、龍平は知らない。しかし、なかなか妊娠しないことがむしろ、五郎丸店にとっては幸いで、彼女の若々しい美貌をひと目見ようと、連日の賑わいだった……。

駅長室を一歩出て、龍平は五郎丸店の店先に目をやった。

ハゲ頭にねじり鉢巻をして、大声を発している大五郎船長は、相変わらず、元気いっぱいだった。身振り手振りの威勢のよさが、素晴らしい。店で売っている魚は、特別、美味《うま》いぜ！　という錯覚を、お客に与えているのだ。

剝き出しの腕と顔は赤銅色《しやくどういろ》に灼《や》け、古稀《こき》を迎えた老人とは、とても思えない精悍《せいかん》さを漂わせているのだった。

あれっ……？　すぐ横にいる葉子に目を向けて、龍平は小首を傾《かし》げた。今日もおかしい。体調が悪いような。このような表情をときどき見るようになったのは、今年に入ってからだった。

漆黒の長い髪をポニーテールにまとめ、緑色のリボンで結んでいるところは、いつもと同じなのだが、顔色がなんとなく冴えない。くすんでいるような表情だ。お客さんはたくさんいるのに、仕事は義父に任せ、いくらかうつむいているのだ。

（どこか具合が悪いのか……？）

春到来の季節でも、寒暖の差は激しく、風邪を引いたのかもしれない。

元気はなさそうでも、白地のTシャツにジーンズ製らしいミニスカートは、爽やかな色気を放っているし……。でも、龍平は少しがっかりした。スカートの下には黒のレギンスを穿いていて、色気を半減させていたからだ。最近の流行ファッションらしいが、気に食わない。

あんな不細工な下穿きを、わざわざ穿くなよ、と。すらりとした下肢が台無しになる。

が、やっぱり、葉子の様子が気になった。しょげているふうにも映っている。

龍平は駅長室を離れて、五郎丸店の店先に向かった。

「やあ、和尚さま、いらっしゃい！」

龍平の姿を見つけるなり、大五郎船長はねじり鉢巻をスルリと取って、ハゲ頭を撫でた。どこで出会っても大五郎船長は、龍平のことを和尚さまと呼ぶ。龍平が明安寺の跡取り息子であるということを知っている地元の住人は、なんの不思議もなく、ニコニコ笑って挨拶をしてくれるのだが、他県からやってくる観光客にとっては、いささか違和感があるようで、キョトンとした目で見つめられることもあった。

なんでこんなところに、寺の坊さんがいるのだ？　と。

(おれには松ヶ崎龍平という、立派な姓があるんだ……)

何回も訂正を求めているが、大五郎船長の口癖は治らない。

義父の大声に釣られたように、新妻の顔が向いてきた。腰を折って、軽く会釈してきたのだが、やはり、まったく生気が見受けられない。軀がだるそうなにも見える。

（夫婦喧嘩でもしたのか）

そんな時間もあるまい。若旦那の大輔はこのところ、ほぼ一週間、大阪で働きつづけ、月曜日の昼、和歌山に帰ってきて、火曜日の早朝、大阪に戻るという過密な生活を送っている。だから、喧嘩をする時間があったら、夫婦の営みに精を出すだろう。

なにしろ大輔は三十二歳の若さで、一八十センチほどの上背《うわぜい》と、百キロになんなんとする巨体は、精力絶倫に見えるのだ。旦那の巨体に反して、新妻の体型は小柄である。一五十センチ台の半ばで、体重もせいぜい四十五キロ前後……。

体格の差はあっても、一週間にたった一度帰郷する一夜は、愛らしい新妻との睦《むつ》みあいに終始することは、容易に想像できる。

大五郎店は誰かに任せ、奥さんも大阪に行ってもよさそうに……。龍平はしばしば余計なことを考えるが、彼女が夫を追って、大阪に行く様子はまったくうかがえない。

（ちょっと、話を聞いてみるか……）

いつもの、龍平のお節介が顔を出した。

いや、新妻がこれほどの美女でなかったら、放っておく。

しかも二十一歳という若さが、龍平にはたまらない魅力に映ってくるのだった。

大五郎船長が用を足しにいったわずかな隙を狙って龍平は、葉子にコソッと声をかけた。今日の夜、店が終わったら、コーヒーでも飲みませんか、と。

物悲しそうだった葉子の瞳が、瞬間、ピカピカッと光ったように見えた。少しくらいは警戒心をあらわにしてくるのかと思っていたのに、すぐさま彼女はコクンとうなずき、八時十分には仕事が終わります……、と、意外なほど素直に答えたのだ。

船長には内緒でね……。念のため、龍平は付け足した。

ふたたび葉子は、愛らしい笑みを浮かべて、ニコッと微笑んだのだった。

あたりがすっかり闇に閉ざされた夜の八時半ごろ。

龍平は明安寺の裏木戸を、こっそりくぐった。裏庭にも白い玉砂利が敷かれていて、足音が響くことがある。

「暗くて申しわけないけれど、ぼくの後ろに付いてきて……」

真後ろを歩いてきた葉子に、龍平はコソコソッと耳打ちをした。はい……。彼女も小声で答えた。

明安寺の敷地内にある自分の部屋に戻るというのに、まるでドロボウのように、忍び足で裏門から入った理由は、万が一にも、父親の住職に見つかったら一大事だという警戒があったからだ。ましてや葉子は新妻で、その上、大事な檀家の若奥さんという事情に配慮した。

寺の敷地は広い。

本堂の裏手に住職の家族が住む屋敷があり、そのまた裏手に龍平の住まいがある。龍平が嫁をもらっても生活に不自由しないようにと、父親は３ＬＤＫの一戸建てを建ててくれた。もちろん、キッチンや風呂も完備しているが、幸か不幸か、今のところ嫁が来る予定はゼロである。

そんなわけで、自分の住まいに女性の客を招いたのは、初めてのことだった。

玄関から一歩入って龍平は、急いで施錠した。そして、音も立てずリビングルームに入り、やっとのことで明かりを点《つ》けた。窓は雨戸で閉めきられているから、光が漏れることはない。

黙ってあとにつづく葉子は、まぶしそうに、瞼をまたたかせた。

おやっ……？　それまで気づかなかった。暗かったせいもある。道の駅で働いていたときの衣装とはすっかり変わっていて、濃《こ》紫《むらさき》のワンピースをまとっていたのである。しかも裾丈が長く、足首まで隠れていたのだ。

それでも、レギンスよりマシか……。

「どこでもいいから、座ってください」

コの字型に並べてあるソファを勧めた。

「きれいなお部屋……」

部屋中を見まわしながら、葉子はポツリとつぶやいた。

「生活臭がないでしょう。女性のお客さんが入ってきたのは、葉子さんが初めてだから」

「わたしが初めてだなんて、なんだか、嬉しい。でも、わたしのような女でよかったんですか」

控え目な態度が、とても好ましい。

ソファに座ろうとする彼女の様子を、チラチラと横目で追いながら、コーヒーじゃ話が弾まないだろう……、と思いなおし、龍平は冷蔵庫からワインのボトルを抜いた。緊張感も手伝っているせいか、相変わらず、葉子の顔色は冴えない。

だから、アルコールで景気づけをしてあげたくなったのだ。

グラスをふたつとワインのボトルをぶら下げて、龍平は彼女の斜め横に腰を下ろした。すぐ、真横に座るほど、図々しくない。坊主なりのエチケットは心得ているつもりだ。

へーっ……。つい、無遠慮に見つめてしまった。裾の長いワンピースの右側に、かなり長いスリットが切れこんでいたからだ。膝の上あたりまで割れていて、生のふくらはぎが覗いてくる。

二十一歳の若妻らしい色香を、垣間見せてくれている。

だが……、よその奥さんに色目を遣っちゃいけないと、龍平は姿勢を正してワインの栓を抜き、グラスに注いだ。

「アルコールは呑めるでしょう」

一応、聞いた。

「はい、二十一歳になりましたから」

少しは落ちついてきたのか、若奥さんは茶目っ気たっぷりに答え、グラスを取った。遠慮なくいただきますと礼儀正しく言い、透明感のあるピンクの口紅を施した唇にグラスを運んで、ひと口含んだ。目を細める。美味《おい》しい……。実感のこもった感想を漏らし、また、グラスを唇に運んだ。

「いけるほうですね」

言って龍平は、空になったグラスにワインを注ぎながら、様子をうかがった。気を許してきたかどうかを確かめよう、と。

「大輔さんが和歌山にいたころは、毎日二人で呑んでいたんですけれど、最近は一人になって、お酒をいただく時間がなくなりました」

「それは、寂しい」

「今ごろになって、ときどき考えてしまうことがあるんですよ。なんで、大輔さんと結婚してしまったのか……、なんて」

自分を元気づけるかのように、葉子はワインを干した。

「後悔しているみたいだね。しかし大五郎船長やお義母《かあ》さんは優しいんでしょう」

「はい、とっても。そのことは嬉しいんですけれど、あの、大輔さんが……」

言いにくそうに、葉子は言葉をつづけた。

大阪の心斎橋に出店した都合で、一週間に一度しか帰ってこないご主人に対する恨みが、半分くらい入っているようだ。だから店番をしていても、ときどき浮かない顔をしていたのだ。

それもそうだろう。結婚してまだ半年ほどである。新婚生活がようやくスムースに回転し始めたころなのだ。

「大五郎船長に頼んで、葉子さんも大阪に行ったらどうですか。道の駅の店番は誰でもできるでしょう」

「えっ、わたしが大阪に……？」

とんでもありません！　とでも言いたげに、葉子はさも不満そうに唇を尖《と》がらせた。うーん、よくわからない。夫婦生活を敬遠しているような素振りを見せるからだ。だとすると、やっぱりご主人とうまくいっていないのか？　そう考えるしかないリアクションだった。

幸せそうな夫婦にも、他人には知られたくない諍《いさか》いもあるのだろうか。

若奥さんの反応から推測すると、ほぼ別居状態にある今の生活を、わざわざ壊したくないというような心根も伝わってくるのだ。

「しかし、一週間に一度じゃ、寂しいでしょう」

龍平は疑問をぶつけてみた。

すみません、ワインをもう一杯いただけますか……。グラスの底に残っていたワインをゴクリと飲み干し、葉子はグラスを差し出してきたのである。アルコールの勢いを借りて、夫婦生活の悩みを告白したいのだろう。

二十一歳と三十二歳の夫婦には、生活習慣などで、それなりの行き違いがあるかもしれない。食事にしても好みの差があるだろうし……。いや、違うな！　龍平は咄嗟《とっさ》に判断した。

悩みの根幹は、夜の生活にあるのではないか、と。

「駅長さんは、有名なお寺のお坊さまでしょう。ですから、人間の悩みをちゃんと聞いてくださって、正しい答えを出してくださると、わたし、信じています」

そんなふうに居直ってもらっても困る。他人さまに説教できるほど、修行は積んでいない。が、二十一歳の若妻だったら、自分の人生を振りかえって、それなりの回答を出してやれるのではないか……。

「ぼくでよかったら、聞き役にまわりましょうか」

「はい、聞いてもらって、これからわたしは、どうすればいいのか、ちゃんとした答えをいただきたいのです。もう一度申しあげます。松ヶ崎さんはお坊さんなんでしょう。ですからわたしを、正しい道にお導きください」

グラスをテーブルに戻し、姿勢を正して葉子は、きっぱり言い放ったのである。

自然と、龍平も背筋を伸ばしていた。

「こんなことを申しあげても、信用していただけないと思いますが、わたし、大輔さんと結婚するまで、あの……、経験がなかったのです」

「えっ、経験がなかった……？」

問いかえした瞬間、血の気が失せていたような葉子の頬が、ポッと染まった。恥じらいの赤みである。龍平はすぐさま察した。この若い奥さんは、大輔に操《みさお》を捧げたのだ、と。もっと簡単に表現すると、ロスト・ヴァージンの相手は大輔だった……。

最近では珍しい、二十歳になるまでヴァージンを守っていたのだ。十四、五歳で、あっさり花を散らす女の子の多い時代なのに。一方で、若旦那にとっては、実に悦ばしい出会いではなかったか、とも思う。これほど麗しい女性の処女をいただいたのだ。ちょっとうらやましくなってくる。

が……、

「最初は我慢していました。結婚したら、いろいろな苦しみもあるでしょう。どんな辛さにも耐えるのが、妻の役目だと思って」

葉子の話は、ずいぶん深刻になってきた……。龍平は眉をひそめた。

「もう少し具体的に聞かせてくれませんか。なにが、そんなに辛かったのか？」

「大輔さんはとても優しい男性です。大阪に行かれる前は、お掃除とかお洗濯、それにお料理も作ってくれたんですよ。重い荷物をわたしに持たせるようなことは、絶対しなかったですし」

「ところが、夜になると急に人格が変わってしまうとか……？　夜とは、お二人のベッドルームで、ということです」

またしても葉子さんはうつむいた。背中を丸めて、虚ろな視線を向けてくるのだ。それは恨めしそうに。

いつまで待っても、答えは返ってこない。唇をグッと嚙みしめて、恐怖に耐えているふうである。

「結婚してまだ半年ほどだから、いざとなると、お二人の行動がぎこちなくなることもあるでしょうね」

龍平は助け舟を出した。

だが、自分の助け舟は間違っていたと、すぐに龍平は気づいた。なぜならご主人の大輔氏は、三十二歳になるおじさんだった。夜の方も経験豊富であろう。ベッドインの所作《しょさ》など手慣れているはずだ。若い女体を扱うことにも、経験しているはずだ。相手に恐怖を与えないように振る舞うのは、歳上の男の務めである。

「わたしの軀が壊れてしまうかもしれないと、そんなふうに考えたこともあったんです」

「壊れる……？」

「はい。大輔さんの体重は百キロを超えています。あの人はいつも、真上からガバッと伸《の》し掛かってきます。呼吸ができないほど苦しくなって、わたし、もうやめてって叫ぶんですけれど、彼はやめてくれません」

なるほど……。だんだんわかってきた。

夫婦の合体は正常位で営まれていたのだ。華奢《きゃしゃ》な体型の葉子には、苦痛の体位だったのかもしれない。その上、前戯を省いて、挿入を急いだら、ヤワ肉が裂傷を負う危険性もある。

「セックスの経験は大輔さんとだけですから、わたし、なんにもわからないんです。あの……、松ヶ崎さん、セックスって、あんなに苦しくて、辛い行為なのでしょうか。わたし、怖くて、恐ろしくて、彼が抱きついてきたら、いつも目を閉じて、なにも見ないようしていました。ほんとうです」

「セックス恐怖症に陥ってしまったとか」

「大輔さんは、あと二日したら帰ってきます。帰ってくる日が近づいてくると、どんどん憂鬱になっていくんです。誰だって、辛い思いはしたくないでしょう」

五郎丸の店先で暗い顔をして落ちこんでいたのは、そのせいだったのか。

「帰ってきてほしくないようですね」

「だって松ヶ崎さん、聞いてください。大輔さんは月曜日の夕方、和歌山に帰ってくると、ずっと……、それこそ、夜も寝ないでわたしを責めてくるんです。もう終わってくださいって、何度もお願いするんですけれど、朝まで、ほとんど寝ないで……。わたし、離婚したくなります。我慢にも限界があります」

いくらなんでも、夜通しとは辛い。

それじゃ、どうすればいいのだ……？

適切な解決法が、すぐに浮かんでこない。大輔の気持ちも理解できる。愛しい新妻と一週間も離ればなれになっているのだから、男のエキスは貯蔵タンクに満タンとなって、帰郷してくるときは、今夜は徹底的にやらせてもらう！　と、鼻息を荒くしているに違いない。

ましてや奥さんが、これほど愛くるしい二十一歳の女性だったら、やる気満々になるのは、当たり前である。

性戯に長《た》けたベテラン女性だったら、それなりの対応策を講じるだろうが、ヴァージンを卒業したばかりの新妻では、どうしてよいのかもわからず、じっと耐え忍ぶだけの行為になるだろう。

それは気の毒としか言いようがない。

グラスに残っていたワインを、龍平はゆっくり呑みほした。いつまで経っても名案が浮かんでこないからだ。

おれには適切な助言はできませんねと、そっぽを向いて、放置するわけにもいかないのだ。この世に生を受ける俗人の苦しみを、心を大きく開いて助けてあげるのも、坊主の責任であるから、だ。

夫婦生活が円満に推移してこそ、大五郎船長が待ちのぞむ子宝にも恵まれる。痛いの、苦しいのと、もがいてばかりでは、子宮口が硬直、萎縮して、貴重な精子が受け入れにくくなることもある。

あっ、そうか……！

突如として龍平は、ひとつの名案を思いついた。

「ところで夜の営みに入るとき、葉子さんは大輔くんに心のこもった愛撫を施してあげていますか」

ごく当たり前のことを、さりげなく問うた。

一瞬、葉子は小首を傾げた。

「愛撫って、どのようなことでしょうか」

「わかりやすく言うと、交接に入る前の、前戯ですね。接吻から始まって、軀の隅々を優しく撫でてあげ、そして唇や舌を遣ってあげる。男の官能神経を、気配りを持って刺激してあげる作業です」

「そ、そんなことをやっている時間も余裕もありません。彼は、ベッドルームに入ってくるなり、飛びかかってくるんですよ。わたしがお洋服を着ていると、それは乱暴に脱がせてきたりして」

「組み伏せられて……？」

「そんなときもありますが、立ったままで、ボタンを引きちぎられていくこともあるんですよ」

「そんなことじゃ、新婚の甘いムードもありませんね」

「そうなんです。すぐにわたしは裸にさせられて……。ねっ、松ヶ崎さん、夫婦の営みって、そんなに荒っぽいものでしょうか。結婚する前に経験しておけばよかったと、今、ものすごく後悔しているのです」

「思いきって、お願いしてみたらどうですか」

「えっ、あの人に、なにを？」

「たとえば、今夜はわたしの好きにさせてください……、とか」

「それって、どういう意味でしょうか」

葉子の上体が前のめりになった。

膝も乗り出してくるものだから、ワンピースのスリットの幅が広くなっていく。すらりと伸びるふくらはぎが、スリットの隙間からはみ出してきた。が、自分の身なりが乱れていることなど、いっさい構わず、葉子は食い入ってくるのだった。

「そうだな……。勇気を奮《ふる》い起こして、大輔さんは裸になって、ベッドに寝てくださいと言ってみるとか」

「ええっ、そんなことをお願いするんですか」

「彼はベッドルームに入ってくるなり、襲いかかってくるんでしょう。だから、機先を制して、きっぱり言ってみる。そうすると、男は意外にだらしないもので、仰向けになって、寝るかもしれない。肝心なことは、決して組み伏せられてはいけない。上から抱きつくようにして……、いいですね。忘れちゃいけませんよ」

「そ、そんなこと、信じられません。彼は、ものすごい勢いでわたしに飛びかかってくるんですよ。自分も軀を守るだけで、精いっぱいなんです」

これは実践する必要がある。龍平はそう判断した。

葉子さん、ちょっとこちらに来てください……。ひと言残して龍平はソファから立ちあがり、隣のベッドルームのドアを開けた。そして、壁のスイッチを押した。窓に掛かる若葉色のカーテンは、部屋の雰囲気にぬくもりを与えている。

結婚してもすぐに使えるようにと、壁際に置かれたベッドはキングサイズだし、サッシ戸の横に置いた小型のソファ・セット、整理ダンスや化粧台、ガラス製のキャビネットは、新品を揃えて、あとは新妻を迎えるだけと、準備は万端整っている。

が、肝心の嫁さんの来手《きて》は、まったく予定が立っていないのだ。

ベッドの脇に立ちすくんで、興味深そうに室内を見まわす葉子の瞳が、キラキラ光った。とんでもない場所に連れこまれたという、恐怖や不安の様子はうかがえない。

（ちょっと脅かすことになるかもしれないが……）

いきなり龍平は、彼女の背後から忍びより、羽交い絞めにした。

「ぎゃっ！」

葉子は悲鳴をあげた。

すかさず龍平は言った。

「ぼくを大輔くんと思って、命令してください。手を離して、ベッドに寝てください、と」

ええっ！　葉子が首をよじりながら、必死に振りかえってきた。数秒前の穏やかな表情は消えうせ、目尻を釣り上げている。

「葉子さんのことを愛している男だったら、たいがい、言うことを聞くものです。だから、できるだけ厳しい声で……」

「だって、あの、松ヶ崎さんはわたしのことなんか、愛してくださっていないでしょう」

いきなりの反撃に、一瞬、龍平はタジタジした。

結構、ウィットに富んでいる女性ではないか、と。

「愛しているという表現は当てはまらないと思いますが、大好きな女性でしたね。葉子さんが道の駅で仕事をするようになってから、毎日がとても愉しくなった。こんなに美しくて可愛い女性がいたのかと、憧れていましたからね」

「それじゃ、あの……、わたしのお願いを、聞いてくださるんですか」

「もちろん！　ぼくは坊主もやっていても、だらしのない男の一人で、葉子さんのお願いだったら、心頭滅却し、火の中に飛びこむことも厭《いと》いませんよ」

龍平は、大げさに言った。

葉子の目が、ニコッと微笑んだのだった。その笑顔の愛らしいこと！

「松ヶ崎さんのおっしゃったこと、わたし、信じますからね」

「坊主に二言《にごん》はありません」

「あーっ、それじゃ、あの……、そのベッドに寝てください。仰向けになって、ですよ」

これから先、二人はいったいどうなるのか、予想はとてもむずかしい。けれど、成るようにしかならないだろうと、葉子を抱きしめていた手を離し、龍平は勢いよくベッドに仰臥した。ベッドの脇に立ちつくしたまま、葉子は見おろしてきた。両手で胸を抱きしめ、わたしはどうしたらいいですか……、とでも言いたげに、困惑した表情を浮かべるのだ。

「葉子さんはいつも、大輔くんに強く組み伏せられているだけで、大輔くんの裸を、ゆっくり見たことがないでしょう」

裸にさせられるのは彼女が先だろう。巨漢の男にジロリと見おろされたら、それだけでも恐怖がつのる。たとえ相手が亭主でも……。

「あっ、はい。気がついたときはいつも、裸になった彼が伸し掛かっていました」

「それじゃ、ぼくのことを大輔くんと考えて、洋服を脱ぎなさいと言ってくれませんか。大輔くんほど太っちゃいないけれど、背丈は同じほどでしょう」

「ええっ、松ヶ崎に、そんなことを……！　そんなこと、言えません」

「いいですか。ぼくは松ヶ崎龍平じゃなくて、緒方大輔なんです。そう思ってくれないと、なにもできない」

見つめてくる葉子は、息を詰めた。なにかを必死に、自分に言いきかせているような表情だった。

「ああっ、それじゃ、あの……、お洋服を脱いでくださいとお願いしたら、松ヶ崎さんはほんとうに脱いでくださるんですね」

「悦んで……。葉子さんの命令だったら、パンツだって脱いでしまいますね」

胸を抱きくるめていた彼女の手が、唇を押さえた。

細い眉を引き攣《つ》らせ、瞳をまん丸に見開いている。

緊張していることは、確かである。肩が震えているし、胸元を大きく波打たせているのだから。

「では、あの……、シャツを脱いでください」

やっと発した葉子の声は、喉に詰まって、ひどくかすれていた。

男の経験は大輔一人であると、この女性は白状した。だとすると、龍平は二人目の異性ということになる。手をこまねいていては、事は前に進まない。上体を起こして龍平は、スポーツシャツと肌着をまとめて頭から抜いた。ああっ！　奇声をあげた葉子の足が、半歩退いた。が、まん丸に見開いた瞳は、裸になった龍平の胸板に注がれ、離れていかないのだ。

なんとまあ、初心な！

男の半裸を目にしただけで、そんなに驚いてはいけません。

脱いだシャツをベッドの端に投げて龍平は、ふたたび仰臥した。どこでも好きなように見なさい、と。

「あの、とっても頑丈そうなお軀をなさっていたんですね」

葉子の声は、さらに細くなった。

「学生時代から剣道をやっていたせいでしょうね、今でも時間があると、寺の境内で木刀を何百回も振っているから、筋力は衰えていませんよ」

「大輔さんとは、全然違う感じがします。あの人の軀は重そうで……。ちょっとふれると、フニャッとして」

「さあ、葉子さんもベッドに上がってきて。ぼくの真横に座るんですよ」

「えっ、座って、なにを……？」

「ぼくを気持ちよくさせてくれませんか。大輔くんと思ってですよ」

「そ、そんなことをしたら、あの人は飛びかかってきます」

「いや、そうでもないでしょう。男は優しく愛撫されると、大人しくなるときもある。もっと、気持ちよくしてほしい、と」

「でも、優しく愛撫するって、どんなふうに……、でしょうか」

この女性はほんとうになにも知らないのだと、龍平はやや哀れんだ。愛撫の方法などいくらでもあるのに。

「指で撫でてあげるとか、頬をすり寄せてやるとか……。唇でなぞってあげてもいいんですよ」

「どこを……？」

「どこでもいいんです。葉子さんほどかわいらしい女性の手や頬、唇がすり寄ってきたら、どこでも気持ちよく感じるでしょうね」

膝を使って、やっとの思いでベッドに上がってきた葉子が、膝を曲げて横座りになった。スリットが割れ、生のふくらはぎが剝き出しになる。ミニスカートだったら、もっと官能的だろうなと思いながらも、龍平は彼女の顔を、じっと見あげた。

まるで生気のなかった肌色に、艶《つや》が生まれてきたことは間違いない。

さあ、どこでもいいからさわってみて……。再度うながして龍平は、両手を左右に広げた。まさに磔《はりつけ》のポーズを取る。抵抗はいっさいしないよ……、というサインである。

「わたし、今、気づきました」

「えっ、なにを……？」

「男性のおっぱい……、いえ、乳首も大きくなるんですね。松ヶ崎さんの乳首は、ピクンと尖っているみたいです」

「もしかしたら、葉子さんにさわってもらって、それから、葉子さんがやる気になってくれたら、キスをしてもらいたいなと、強く思っているせいでしょうね」

「ああん、乳首にキスを……？」

「そうです。舌先で跳ねたり、転がしたり、チュッと吸ってもらうと、非常に気持ちがよくなる器官だから」

「そ、そうらしいですね。お友だちに聞いたことがありました。彼女はボーイフレンドがいるんですけれど、男の子も乳首は感じるらしいから、吸ってあげなさい……、って。それって、ほんとうのことですか」

「試してみればいいじゃないですか。ぼくがテスト台になりましょう」

「いやーん、わたし、そんなこと、一度もしたことがないんですよ」

「それじゃ、試しにやってみますか」

龍平は大げさに胸板を迫りあげた。

いつの間にか、乳首が勃起していた。ツーンとする痛みさえ伴っている。気持ちが悪かったら言ってくださいね……。震え声で言った葉子の顔が、少しずつ乳首に向かって沈んできたのである。蕎麦《そば》を食べるときのようなしぐさで、顔のまわりに下がってきた長い髪を、それは恥ずかしそうにすき上げながら。

若妻の、ためらいがちの手の動きが、とても色っぽく映ってくるのだ。

左の乳首に、彼女の唇がソロッとふれた。胸板に吹きかかってくる呼吸は、音が聞こえてくるほど荒々しいのだが、唇の接触は、ほんのかすかだ……。うっ！　龍平はうめいた。彼女の唇を感じたからではない。行き場を失っていた彼女の右手が、右の乳首に押しかぶさってきたからだ。

生温かくて汗をかいた手のひらが、乳首を真ん中にして、クネクネとうごめいてくる。しかし彼女は意識して動かしているふうではない。前屈みになって、唇を寄せようとする上体を支えているからなのか。

「葉子さん、とても気持ちいいですよ。もう少し強く唇を押しつけてくれると、もっと感じるようになるんだけれど」

ほんとうは、舐めてもらいたい。が、すぐに、そんな欲張ったことは言えないのだ。

「あの、軀が自由に動かないんです。ああん、男の人のおっぱいにキスをするのって、こんなにむずかしかったんですね」

息も絶え絶えなのだ。

乳首を揉みつける手のひらには、どんどん力がこもってくるのに。

「力を抜いて。ぼくの胸に顔を押しつけてもいいんですよ」

「あの……、ほんとうに感じてくださっているんですか。我慢なさっているんでしょう」

小声で言葉を紡ぐたび、小刻みに震える唇が乳首の先端にふれて、気分はどんどん高まっていく。

「我慢なんて、とんでもない。そうだ、思いきって、ペロッと舐めてみたらどうですか。汗っぽかったら、ティッシュで拭きますが」

「いやっ、いいです。そんなことしないでください」

おおっ！　龍平は身構えた。

右の乳首を揉みまわしていた彼女の手が、急に脇腹にまわり、そして背中まで下って、ギュッと抱きしめてきたからだ。そのぶん、唇は左の乳首に押しつけられ……、うん、これは甘美な！　突起した乳首が唇の隙間に挟まれたのだ。うっ、うっ……。喘ぎ声を漏らすたび、葉子の唇は少しずつ隙間を広くし、中から出てきた舌が、チロチロと舐めまわるのだった。

稚拙《ちせつ》な舌のうごめきが逆に、男の官能神経を焚《た》きつけてくるのだ。昂《たか》ぶりを抑えることができなくなってくる。

龍平は両手を掲げ、胸板に覆いかぶさってくる葉子の背中を、柔らかく抱きくるんだ。二人の胸がひたりと重なった。ワンピース越しではあるが、心臓の高鳴りがはっきり伝わってくる。無意識に龍平は、彼女の背中を撫でた。

ほっそりとした肉体が、強く反応してくる。

軀のあちこちにひくつきを奔《はし》らせる。

うぅっ……！　龍平はまたうめいた。彼女の唇の隙間に嵌まりこんでいた乳首を、つつっと吸われたのだ。かなり強く……。背中を抱いた手のひらにも力が加わってくる。

自然の流れだ。龍平が指示したわけではない。男女の睦みあいとは、本来、このような形で進んでいくものだ。もう彼女の動きからぎこちなさが消えている。

夢中になって乳首を吸っていた彼女の顔が、ムクッと起きあがってきた。

額に滲んだ汗に濡れた前髪が、草の根のようによじれていたのだ。

「ほんとうのキスをしたくなった……、とか？」

龍平は意地悪い問いかけをしていた。

「いけませんか。でも、あの……、今、やっとわかったんです」

「なにを……？」

「わたしは上からかぶさっているでしょう。だから、あの、ものすごく気持ちが楽なんです。怖くなったら、いつでも逃げられるような気がして……。ああん、ごめんなさい。松ヶ崎さんから、今すぐ逃げたいということじゃなくて、自分が自由に動ける……、みたいな、安心感があるんです」

「それは、よかった。大男に真上から組み伏せられていたら、逃げたくても逃げられない……」

「そ、そうです。キスも……、わたしの自由にできるみたいな気持ちになってきました」

「そのとおり。それじゃ、真上から思いきって、唇を押しつけてきて」

ううっ！　うなったのは龍平だった。

彼女の唇が、ブチュッと音を立てて重なってきたからだ。下から抱きしめ、舌先を送りこむ。進歩が早い。葉子はすぐさま舌を絡めてきたのだ。しかも、彼女の指先は、乳首への愛撫を忘れない。

乳首を真上から押しこねたり、つまんだり……。

唇と乳首に受ける快感が、電流の速さで全身に広がっていく。龍平は思わず、股間を突き上げた。男の肉が、ビクリと跳ねあがったからだ。

（ちょっと、待て！）

龍平は己《おのれ》を戒めた。おれはなにをしようとしていたのか、と。憔悴しきったような表情で店先に立っていた彼女の様子を心配して、悩みを聞いてあげようと自宅に招いただけなのに。

名案と考えたのは、女上位で愛撫を開始したら、大男の突撃を防ぐことができるかもしれないと、試しに仰臥したのだ。あくまでもテストだった。

行程は順調に推移してきたと思っていたのに、熱烈な接吻を交わす段になって、様相は一変した。ましてや、男の肉に力がこもってきたら、次の行為がやりにくくなる。

ズボンが盛りあがる。彼女に気づかれたら一大事だ。

ややっ！　龍平はかなりあわて始めた。舌の絡まりをほどかないままに、彼女の手は乳首から下腹に向かって這いおりていくからだ。臍《へそ》のまわりを周遊する。少し、くすぐったい。が、くすぐったさを跳ね除《の》けていくほど、彼女の舌は執拗《しつよう》になってくるのだ。

歯茎の裏まで舐めたりしている。

(こんなに積極的な女性だったのか……)

あきれてしまう。

「あん……」

ひと声漏らした葉子の顔が、ほんのわずか離れていった。頬っぺたは紅潮し、透明感のある口紅を施していた唇が、いくらか腫《は》れぼったくなっていたのだ。

「気分が盛りあがってきたようですね」

半分くらいは嫌味《いやみ》で、龍平は言った。こんなことになるとは思っていなかったのだ。

「新発見です。ああん、男の人の上からかぶさって、キスをしたり、おっぱいを撫でたりするのって、とっても気持ちいいんですね。自分の軀がこんなに自由に動くなんて、信じられません」

額には汗を滲ませているのだから、かなり高揚しているのだろう。龍平は手を伸ばし、すっかり乱れた髪に指をすき入れ、搔きあげてやった。本心から嬉しそうな笑みを浮かべる。

「男って、意外なほどだらしないって、言ったでしょう。大輔くんにも同じように接してあげたらどうですか。彼は従順なご主人になると思いますね」

半分は逃げ腰になって、龍平は言った。

間違っても、大五郎船長の息子の嫁と入魂の関係になってはならないように。

「ああん、もうおしまいですか。このくらいのことでは、大輔さんは絶対大人しくしてくれません。ガバッと起きあがって、飛びかかってきたら、どうしたらいいのでしょうか」

いくらか充血している潤んだ眼《まなこ》で見つめられると、さっさと逃げ出すこともできなくなってくる。しかも、男の肉はなんの遠慮もなく、ズキズキと成長し、ズボンを盛りあげてくるのだ。必死に腰をよじって龍平は、肉の変化を隠そうとする。

「これからなにをするにしても、葉子さんが上位にいるようにして、決して、組み伏せられないよう、努力したほうがいいと思いますね」

あまり説得力のない言葉を吐いていた。

「なにをするにしてもって、これからわたしは、なにをすればいいのですか」

うーん、困った。

いつまでもキスをして、いつまでも乳首をいじっているだけでは、男はだんだん歯痒くなっていく。男女和合は少しずつ前進していくところに妙味があるのだ。だんだん、面倒くさくなってきた。そろそろお開きにして、成長をつづける男の肉をなんらかの方法で処理したくなってきた。

股間の奥のほうがムズムズしてくるし、熱気がこもってくるからだ。

「まあ、一番手っ取り早い方法は、フェラですね」

龍平はぶっきら棒に言った。

「フェ、ラ……、って、フェラチオのことですか」

長い睫毛をパチパチとまばたかせながら、葉子はかなり真面目な口調で問いかえしてきた。

「そうですよ。葉子さんだって、やったことがあるでしょう」

「いえ、それが、あの……、ないんです。大輔さんは絶対やらせてくれません、でした」

「えっ、それじゃ、上の口はまだヴァージンだった……？」

あまりの驚きに龍平は、不用意な言葉を吐いていた。

「ヴァージンという表現が正しいのかどうかわかりませんが、あの……、舐めたり、くわえたりしたことは一度もありません」

思わず龍平は、ガバッと跳ね起きそうになった。二十一歳になる奥さんが、フェラチオ・ヴァージンだったなんて、信じられない。

「やってみたいと思ったことは、あるでしょう」

「ああん、そんな恥ずかしいことを、真面目な顔をして、お聞きにならないでください。でも、あの……、どんな味なのか、興味はあるんです」

激しい接吻を交わした名残なのか、ピンクの唇はいくらか腫れぼったい。その唇を、葉子はモゴモゴッと動かした。男の肉をくわえたいというしぐさにも見える。だが、そんなことまでさせてもいいのだろうか？　またしても龍平はためらった。

坊さんらしい良識である。しかし、ほんのわずかの時間をおいて、龍平は結論を下した。

平穏にこの場を収める方法は、彼女のほうから撤退してもらうことだ、と。

「フェラをやる場合、双方が衣服を脱いだほうが興《きょう》を盛りあげるのですから、もしもフェラチオの実験をしたくなったら、葉子さんも裸になってもらう必要がありますね」

再度、龍平は脅かした。

さすがに裸になっていく勇気はなかろう、と。

「あん、松ヶ崎さん……、それじゃ、お聞きしますが、わたしがお洋服を脱いだら、ズボンとかパンツを脱いでくださるんですか」

赤く染まった頬をプッと膨らませ、葉子は挑戦的に問いかけた。

「それは当然でしょうね。フェラチオとは男の肉……、すなわち男の性器を舐めたりくわえたりする行為ですから、ズボンやトランクスは不要でしょう」

すぐさま龍平は切り返した。

無論のこと、自分は裸になるから、あなたも裸になるんですよと、強要したのである。裸の胸板に寄りかかっていた彼女の顔が、ふっと浮きあがった。上体を立たせて、腕を組んだ。

真剣に考えているのだ。しばらくして……、

「二人とも、全部脱ぐんですね」

彼女の声は低かったが、最後までかすれることはなかった。彼女の強い意思が伝わってくる。

(本気でやる気なんだ……、フェラを！)

仰向けに寝たまま龍平は、葉子の表情をこっそり追った。唇を噛みしめている。頬をピクピク震わせてもいる。

「では、お願いします。松ヶ崎さんは仰向けになったままでいてください。だって、怖くなったら、逃げたくなるでしょう。わたしにとっては初めての経験ですから、一生懸命やりますけど、どこまでやれるか、自信がないんです」

きっぱり言われて龍平は、腹をくくった。やるしかないだろう！　と。男の肉は痛いほどそそり勃《た》っているのだ。いざトランクスを脱いだとき、赤茶に色づいた男の肉が、ビビーン！　と直立したら、フェラチオ初体験の女性であるから、

怖気《おじけ》づくかもしれない。

それはそれで、ゲーム終了である。

「では、脱いでみましょうか」

これから麗しい人妻にフェラをやってもらうというのに、龍平の口から出てきたひと言は、実に素っ気なかった。あまり気分が乗ってこないような感じもする。ご主人の大輔くんとは知らない仲ではないから、頭のどこかにひそんでいる罪の意識が拭えないからかもしれない。

が、ここまできたら男らしく、スパッと行動を起こすべきと自分を奮い立たせ、龍平はズボンのベルトをほどいて、ファスナーを引きおろした。

「あっ、ちょっと、待ってください。わたしも……」

切れ切れに言った葉子は、膝立ちになった。そしてワンピースの背中に手をまわし、ファスナーを引いたのだ。ワンピースの肩まわりがゆるんだ。この若奥さんはなかなか覚悟がよろしい。いざとなると、行動は早い。

へーっ！　濃紫のワンピースがスルスルと下がっていく。

ズボンを脱ぐのも忘れて、龍平は見守った。

濃紫のワンピースが下がっていって、目の前に現われたのは純白のブラジャーだった。カップの縁には繊細なレースが施されていて、二十一歳になったばかりの若奥さんらしい清潔さが感じられたのだが……、龍平はドキンとして目をそばだてた。

ふたつのカップから溢れ出てきそうなほどの豊かな乳房の実りように、圧倒される。

肉の谷間は深い。まだあどけなさが残っている女性とは思えないほど、肉感的な女体である。そうか……！　龍平はハタと思いあたった。大輔は、この妖艶とも映ってくる乳房に触発されているのかもしれない。男がムラムラしたら、やることが乱暴になっていくこともある。ましてや男のエキスが満タンだったら。

同性として、わからないでもない。

が、豊満な乳房に見とれている時間は、さほどなかった。濃紫のワンピースは皺を作ってすべり落ち、代わりに剝き出しとなった純白のパンティに、またまた、見とれてしまう。

ブラジャーと同じように、細かなレースを施したパンティは、生地が極めて薄いせいか、ムックリと盛りあがる恥丘を覆う黒い毛の群がりを、くっきり浮き彫りにしているのだった。

「松ヶ崎さんも……」

そのときになってやっと、葉子は小声を漏らした。

途中で切れた彼女の短い言葉を補足すると、脱いでください……、と、付け足したかったのだろう。催促されるまでもない。龍平はズボンを下げた。格子縞のトランクスの前は、大テントを張っていた。

が、恥ずかしがっているときではない。この女性だって、すでに恥じらいのヘアをさらしているのと、同じなのだから。

「仰向けになって、寝てください」

葉子の声はさらに沈んだ。

「パンツも脱ぎますか」

龍平は聞いた。たった一枚のトランクスを着けているほうが、よほどみっともない。勇猛にそそり勃つ男の肉を、トランクスの盛りあがりで、わざと誇張しているようで。

「いえ、わたしが……。でも、起きないでください。上から見ているほうが安心できるのです」

膝をずらして葉子は、龍平の真横にするりと寄ってきた。あーっ、こんなに大きくなって……。消え入りそうな声を漏らしながら彼女の手が、ビクンと弾みあがる男の肉の裏側を、トランクス越しに、そろりと撫でてきたのだった。彼女の指の動きを敏感に受けた亀頭が、トランクスをこすり上げる。

彼女の指がトランクスのゴムに掛かった。

「あの、わたし、こんなに胸がドキドキしたことありません。百メートルを全力で走ったより、ずっと激しく高鳴っているんですよ」

「そんなにビクビクしなくてもいいでしょう。ぼくは決して乱暴な振る舞いには出ないから」

「だって、松ヶ崎さんはわたしの主人でもありませんし、恋人でもないんですよ。お仕事で毎日お世話になっている、道の駅の駅長さんです。そんな男性のパンツを下げようとしているなんて、わたし、自分が信じられなくなっているんです」

確かに……。下腹に当たってくる彼女の指は、小刻みに震えているのだ。

「怖がらずに、さっさと下げてください」

「あーっ、頭がボーッとしてきます。それに、ねっ、パンツを下げたら、わたし、松ヶ崎さんのオチンチン……、いえ、オチンチンじゃなくて、そう、おっきな男性にキスをしたり、お口に含んだりするんです。ほんとうに、あん、できると思いますか」

さまざまな表現を紡ぎながら、できるだけ冷静になろうとしている彼女の姿が、とてもかわいらしい。

「飛び出してきたとき、恐ろしくなったら、やめればいいじゃないですか。無理にやることじゃありませんよ」

つれなく言い放って龍平は、ほんの少し、腰を浮かした。

彼女の指がトランクスのゴムを引っぱったら、すぐに脱げる準備を整えたのだ。

次の瞬間、ほんのわずか、葉子の指に力が加わった。トランクスがズルズルと下げられていく。あれっ！　彼女の顔を見て、隆平はクスッと笑った。瞼をピッチリ閉じていたのだ。

それじゃ、見えない。

それでもトランクスは引き下げられていった。

赤黒く染まった剛根《ごうこん》が、跳ねあがった。生い茂る陰毛も逆立っている。

「目をつむっていたら、見えないでしょう」

龍平はけしかけた。

「飛び出してきたんですね」

「元気、潑剌《はつらつ》として」

「目を閉じたままでも、いいんでしょう。慣れるまで、少し時間をください」

途切れ途切れで言った葉子は、目を閉じたまま、おそるおそるといったふうに、顔を沈めてきたのだった。男としては、彼女の口を正確に受けとめてあげる責任がある。龍平は腰を浮かした。そっくり返る男の肉の裏側を、彼女の口に目がけて突き上げた。

あん、どこにあるんですか……。意味不明の言葉を発した葉子の手が、しかし、口より先に下腹をまさぐってきた。が、ハッとして手を引っこめる。剛毛に近い陰毛に指がふれたのだ。

「さあ、もう一度……。今、ヘアが当たったでしょう。その真ん中にあるんです」

今の世で、これほど純真無垢《むく》な人妻が存在していたとは、驚きとしか言いようがない。勃起した男の肉を見たこともなければ、さわったこともない。ましてやフェラなど、空想の世界でしかないのである。

おっ！　無意識に龍平は股間に力をこめて、構えた。

葉子の顔が、つづけてドドッと股間にかぶさってきたのだ。手で確かめようとしているうちに、顔のほうが勢いで先に落下してしまったようだ。荒い息遣いが陰毛の中に吹きかかってきた。

顔を左右に振ってくる。

彼女の唇が肉筒の根元に重なった。先端に向かって、少しずつさかのぼってくる。これもフェラの一種なのか……。唇の隙間から滲んでくる唾液が、裏筋に染みてくる。

「葉子さん、気持ちいいですよ」

龍平は励まし、陰毛の中に埋もれている彼女の頭を、両手で挟んだ。長い黒髪はすっかり乱れ、湿っぽい。汗をかいているのか。

「あの……、顔にチクチク当たってくるんです。これって、松ヶ崎さんのヘアでしょう。それに、ああん、すごく太くて硬いお肉が、とっても温かくて、ビクビク脈を打っているみたいなんですよ。今、ねっ、わたしの唇は、松ヶ崎さんの男性とキスをしているのでしょう」

息も絶え絶えに葉子は言った。

不安と昂奮が入り混じっているのか、股間に覆いかぶさっている彼女の背中が、大きく波打っている。

「ちゃんと当たっていますよ。どうですか？　気持ち悪いとか、臭いとか、そんなふうに思ったら、顔を離しなさい」

龍平はできるだけ優しい言いまわしで、彼女に語りかけた。

自分で想像しても、陰毛の中から湧き出てくる淫臭は、悪臭に違いないと思ったりする。

「それが、あの……、そんなに変な臭いじゃないんです。岩のりを入れたおみそ汁の匂いを嗅いでいるみたいな。磯の香りなんですね」

「それじゃ、少し目を開けてみて。実物をちゃんと見ながら臭いを嗅いだり、キスをしたほうが、実感が湧くでしょう」

「あっ、はい。そうします。でも、ねっ、松ヶ崎さんは仰向けに寝たままでいてくださいね」

性戯講習の効果はきっちり表われている。

常に自分が上位にいることで、行動の自由を得ようとしているのだから。

「葉子さんがぼくの肉をペロペロ舐めたり、深くくわえてきても、動きませんよ。俎板《まないた》の鯉になって、我慢しますからね」

それでも龍平は、彼女の様子を、じっと追った。

おっ！　長い睫毛がピクリと揺れたとき、それまでしっかり閉じられていた瞼が、コソッと開いたのだった。ああっ！　葉子は小声をあげた。それもそうだろう。顔を伏せていたのは男の陰毛の中で、唇を寄せていたのは、太い血管を何本も浮かせる肉筒だったのだから。

肉筒の先端に笠を広げる亀頭は、真っ赤に色づいている。

「見えましたか」

龍平は聞いた。

「そんなに、グロテスクな形じゃないんですね……。いえ、違いました。ものすごく勇ましいというのか。光っています。先のほうがテカテカと」

葉子の指が筒先に伸びた。

赤く膨張している亀頭を、ソロソロと撫でまわすのだ。なかなか気持ちがいい。

ウフッ……。葉子は忍び笑った。

「なにがおかしいの？」

「だって、こんなに大きなものをパンツの中に隠しているなんて、男の人って、おもしろいですね」

わざとカマトトぶっているふうではない。ほんとうに、男の生理をなにも知らないらしい。

「フェラチオとは、その、テカテカに光っている肉を、舐めたりくわえたりすることだけれど、葉子さんにはそんな勇気がありますかね」

龍平の問いかけに、彼女の顔がひょいと振り向いてきた。そして、ニッと笑ったのだ。龍平の目には、やる気満々と映ったのだが。

「さっきから、わたしの軀は、少しおかしくなっているみたい」

しばらくの時間をおいて、葉子は独り言のようにつぶやいた。

「おかしい……？　どこが？」

「ブラジャーがきつく感じて……、それに、あの、腿の付け根の奥のほうが、ムズムズしてくるみたいで。ねっ、ブラを取ります」

葉子は急くように上体を立てた。そして指先を背中にまわし、ブラジャーのホックをはずしたのだ。すべては、自分の意思で。ふたつのカップがはらりと剝がれていく。

これは、素晴らしい！　ブラジャーから溢れ出そうなほど豊かな実りとは見ていたが、剝き出しになったふたつの肉の隆起は、典型的な円錐型で、濃いめのピンクに見える乳首の色に、濁りがない。まさに少女の如し。

細身の体型にしては、実りが豊か……。同性にとっても、うらやましくなる乳房の形状だろう。

ええっ！　呆気《あっけ》に取られた。

時間をほとんどおかず、彼女は膝立ちになったのだ。そしてパンティのゴムに指を掛けるなり、スルリと下げた。仰向けに寝ていた亀の頭が、ビクンと跳ねあがりそうになった。股間に萌《も》える黒い毛の、それは優雅な形状だった……。黒い蝶が大きく羽を広げているようだ。

無垢な女性でも、体内の昂ぶりは隠すことができないらしい。全裸になった行為はすべて自分の意思だからだ。

「わたしの裸って、そんなに醜くないでしょう。おっぱいの形もまあまあと思っているんです。お臀もかわいく盛りあがっているって、少し、自信があるんです」

「きれいで、とてもセクシーですよ」

お世辞でもなんでもない。龍平の正直な感想である。

葉子はそのとき初めて、心の底から湧きあがってくるような、素直な笑みを漏らした。

説明されるまでもなく、素晴らしい裸像だ。ウエストのくびれも引きしまっているし、円《まろ》やかな太腿の肉づきは、いかにも女性らしい柔らかさを秘めているようだ。

「あの、松ヶ崎さん……、下手でも我慢してください。ほんとうに、わたし、初めてなんです。気持ちが悪いとか、フェラなんかしたくない、なんて……、ちっとも思っていません。これも、女の勉強でしょう」

いろんな言い訳をした葉子は、膝を使って龍平の太腿の隙間に、スルリとすべり込んでくる。長い髪を指先ですき上げるしぐさは、初々しく映るし、悩ましくも映ってくる。

緊張しているのは、おれのほうかもしれない……。龍平は胸のときめきを抑えることができなくなった。だが、下腹を打ち据える勢いでそそり勃つ男の肉は、またしてもビクビクッと跳ねあがる……。これはまずい！　亀頭の先端に切れこむ鈴口から、一滴、二滴の先漏れの粘液が滲んできたのだ。

この粘液はヌルリとして玉になって溢れている。

これを見て、せっかく盛りあがってきた彼女の気分が、あっさり削がれてしまう可能性もある。

だが……、ややっ！　龍平はびっくりした。

「あん、松ヶ崎さんの先端が泣いています」

甲高い声を放った葉子は、ゆらりと上体を倒してきて、肉筒の根元を両手でしっかり握りしめてきたのだ。あっ、これっ！　龍平は叫ぼうとしたが、声にならなかった。

彼女の唇が亀頭に重なってきて、滲み出てきた先漏れの粘液を、ペロリと舐めとっていったからだ。彼女の舌が、何度となく亀頭を舐めていく。そして、龍平に向かって視線を投げ、ニコッと笑うのだった。

「葛湯《くずゆ》みたいな味です」

葉子ははっきり言った。

「不味《まず》くないの？」

「お口の中でじんわり広がっていくんですよ。おもしろいの。男の人って、変なお汁《つゆ》を出してくるんですね」

「それは、その……、非常に昂奮してくると、自然と漏れてくる男の体液なんだけど、人体に影響を及ぼすことはないと思うんだ」

慣れないしぐさで、亀頭をペロペロ舐められ、気分は高揚し、呂律《ろれつ》がうまくまわらない。

「それじゃ、ねっ、これからほんとうのフェラチオをさせてください。でも、やったことがないんです。思いきって、お口の中に含めばいいんでしょう」

「大丈夫かい？」

「お汁の味が葛湯みたいでしたから、できると思います。お汁を舐めただけで、ゲッと吐きそうになっていたら、くわえることなんか、できないでしょう」

ううっ！　龍平はうなった。反動的に腰が浮きあがった。

肉筒のまわりを両手で握った葉子の口が、いきなり、赤茶に色づいた亀頭を、グブリと含んできたからだ。瞬間、葉子の喉が、苦しそうに鳴った。うぐっ、うぐっ……、と。

瞼をパチクリさせる。

が、葉子は亀頭を吐き出そうともせず、さらに、くわえ込もうとするのだ。男の肉と格闘すること、十数秒……。亀頭全体がやっとのことで彼女の口内に納まった。唇を開ききったまま、葉子は視線を向けてきた。

半分泣いているような、半分は笑っているような。

間違いないのは、涙目になっていることだった。なにかを言いたそうに唇を動かすのだが、怒張した肉が口を貫きとおしているのだから、声にならない。

しばらくして、彼女の口が上下に動き出した。

口には溜めておけない唾液が、大量に垂れてくる。

おっ、なかなか、やるな……！　葉子の手が下腹にまわってきて、臍のまわりを撫でまわしたり、陰毛をよじったりしてくるのだった。

しかも口の動きはだんだんなめらかになってきて、プッと亀頭を吐き出しては、止めどもなく滲んでくる先漏れの粘液を、チュッと吸いとって、コクンと喉を鳴らす。

フェラ初体験でも、愛撫の所作は本能的に身につけていたのだろう。

それが大人の女性だ。

「葉子さん、気持ちいいですよ」

大した褒め言葉は浮かばなかったが、龍平の腰は彼女の口の動きに合わせ、浮きあがったり、沈んだり。そのたびに、かなり丈夫にできているはずのベッドが、キシッキシッと軋《きし》む。

いつの間にか……、腋の下や胸板が汗ばんでいた。

葉子さんも、かと、よく見ると、額や鼻梁の脇に汗を滲ませていたのだ。運動量の激しさだけではない。お互いの気持ちの昂ぶりが、互いに全身を汗まみれにしてきている。

「いやーん、これって、なんですか」

亀頭から唇を離した葉子さんの奇声が弾けた。

（えっ、なんだ……？）

龍平は自分の股間を覗いた。

このいたずら者め！　知らないうちに彼女の手は、肉筒の根元から男の玉袋までずり下がっていて、柔らかく包みこんでいたのである。龍平はつい、太腿を開ききっていた。玉袋をさわりやすいように、と。

「あんまり強く握らないで、ね。そこは男の急所で、ギュッと握られたら、悶絶してしまうから」

龍平は本気で注意した。

「筒《つつ》とか、それから頭のほうはカチカチになっているのに、この袋はフニャフニャね。おもしろいんですね、男の人の軀って」

本来であったら、袋も舐めてもらいたい。官能神経が集中している部位でもあるのだから。が、フェラの初心者にそのような贅沢な要求はできないのだった。

急に、彼女の上体が、グラリと揺れた。

目をしょぼつかせる。

「あのね、わたし、初めてなんです」

声音《こわね》まで弱々しくなった。

「フェラが……?」

「そうじゃなくて、あの……、セックスをしたくなってきたんです。だから、松ヶ崎さんの大きな男性を……、ああん、わたしの膣《なか》に……。ねっ、わかってくださるでしょう。そんな気持ちになったことは、一度もないんですよ。他の人とするのは初めてなんです」

膝を崩してペタンとお臀を落とした彼女の腰が、それは切なそうにうごめくのだった。

「挿入を待っている、とか?」

「あっ、はい。そうです。わたし、知りませんでした。女にも、そんな欲望があったなんて」

さあ、どうしよう?

チャンスがあったら、フェラをやらせてしまったお返しに、クンニリングスの快感も教えてあげようと考えていたのだが、この人妻は挿入を待ちわびているふうなのだ。

もう、いいか……。

半分以上は責任を果たした感じもする。合体を待っているのだったら、即刻、実行に移すべきと、龍平は決めた。

だが、そのときも、組み伏せられてはならない。女上位に徹すべきである。

「それじゃ、葉子さん、跨ってみなさい」

「えっ、跨る……？　どこに、ですか」

「わかりきっているでしょう。男の肉を真下から迎える形になるのです。それは、女上位のポーズ」

「やります。やってみます。わたしが上になるなんて、初めてですけれど、やれそうな感じもするんです。お股を広げて、その大きな男性の上に跨ればいいんですね」

「そう。ぼくは下から突き刺していく。その体位を取ると、もしも途中で痛くなっても、葉子さんはすぐに腰を引いて、逃げることができるでしょう」

逃げたりなんか、しません！　きっぱり言い放った葉子の、すらりとした下肢が、ひらりと浮きあがったかのように見えた。

問題はヴァギナに蜜液が滲んでいるか、どうかだ。

潤滑油が準備されていないと、柔らかい肉は軋んで、激痛を伴う。

(うまく合体できればいいんだけれど……)

龍平は祈った。

激痛が奔ったら、これまでの努力は水泡に帰す。

そっくり返る肉筒の真上に跨った葉子は、やや前屈みになった。円錐型の乳房がゆらりとたわむ。勃起した乳首は朱を濃くしている。羽を広げた蝶の形をした恥毛の横幅がいくらか広くなった。それだけ、股を広げているのだ。

「うっ、うぐっ……」

葉子はうめいた。亀頭の先端に、生温かい粘膜がヌメリと接触してきたのと、ほぼ同時だった。

この女性は、ヴァージンではない。旦那にはかなり乱暴な扱いをされていたらしいが、性行為の経験は何度もある。問題は気持ちよく、男の肉を迎えいれることができるか、どうかだ。

前屈みになっている彼女の乳房を、両手で支え持った。

柔らかい。指が埋まっていくようだ。コリッとしこっている乳首を指の腹で挟んで揉んでみる。あん……。瞼はヒシッと閉じられ、いくらか苦しそうなのだが、口から出てきた喘ぎ声はとても甘い。

乳房を揉みながら龍平は、ゆっくりと亀頭を押しこねた。

「あーっ、入ってきます。ねっ、松ヶ崎さん……、あの、わたしの膣《なか》に、入ってくるのです。嬉しい。セックスって、こんな感じだったんですね」

再度、亀頭を押しあげた。

上から肉の裂け目が沈んできた。ヌチャ、ニュルッ……。卑猥な音色《ねいろ》を響かせて、凹と凸が深々と交わっていく。

おおっ！　龍平は構えた。彼女の上体が、ガバッと重なってきて。重量感のある乳房が胸板につぶれた。瞬間、二人の唇が勢いよくぶつかった。ネロネロと舌が粘りあった。

こんな力を持っていたのか……？　そう感じてしまうほどに、舌を吸われる。唾液を絞り出すようにして。ややっ！　またしても、龍平は驚いた。彼女の腰が激しい上下運動を開始したからだ。

潤滑油に不足はない。

適度の粘り気が、肉と肉の摩擦を心地よくしていく。

「松ヶ崎さん……、ううん、一度だけ、名前を呼ばせてください。あの……、龍平さん」

葉子の声が切れ切れになっていき、上下運動を繰りかえしていた腰の動きが、前後運動に変化していくのだ。

二人の股間がぶつかり合う音が、湿っぽくなっていく。

百キロに及ぶ大輔の巨体に組み伏せられていたら、これほど活発な動きはできないだろう。

舌をもつれ合わせ、股間をうねらせながら、葉子はパッチリ瞼を開いた。

「とっても、気持ちがいいんです。自由に動けるのって、こんなに気持ちよくなるんですね。ああーっ、どんどん気持ちが高まっていって、軀がフワフワ浮きあがっていきます。これって、ねっ、女のアクメでしょう」

葉子の声は、高くなったり、低くなったり。

若くて、悩ましい女体に翻弄《ほんろう》されていたからではなく、二十一歳になる若妻の、純粋な気持ちの発露に、龍平は感動していた。

葉子の腰のうねりが、とても粘っこくなってきた。膣奥深くに飲みこんだ男の肉を、スッポリ包みこんで、複雑に入り組む粘膜で、四方八方から圧迫してくるのだ。

強い噴射の知らせが、いきなり激しい脈動を伴って、龍平の股間の奥底に奔った。亀頭が跳ねる。

「うう っ……」

葉子は喘いだ。龍平の首筋に両手を巻きつけ、全体重を預けてくる。

「出てしまいそうなんだ」

龍平にしては珍しく、弱音を吐いた。

「き、きてください……。一緒です」

かすれ声で葉子は答えた。

ふたたび二人の舌がもつれ合った。龍平は彼女の臀部を力いっぱい抱きしめた。

そして、亀頭を突き上げた。

瞬間、ああーっ！　と、二人同時に歓喜の声を飛び散らせた。大量の男のエキスが、止めどもなく弾け出ていく。受けとめるように、葉子の膣道がクネクネうごめくのだった……。

数秒だったのか、それとも、数分だったのか……。龍平の胸板にぐったりと預けていた葉子の顔が、ふと覚醒した。

「大輔さんは、明後日帰ってきます。わたし、試してみます。ずっと、わたしが上になって」

言って若奥さんは、ニコッと笑ったのだった。

この作品は廣済堂文庫のために書下ろされました。

官能ロマン
KOSAIDOBUNKO

媚女駅《びじょえき》めぐり
お坊《ぼう》さまの淫《みだ》らな口《くち》づかい

2015年5月1日　第1版第1刷

著者
末廣《すえひろ》 圭《けい》

発行者
清田順稔

発行所
株式会社 廣済堂出版
〒104-0061 東京都中央区銀座3-7-6
電話◆03-6703-0964［編集］ 03-6703-0962［販売］ Fax◆03-6703-0963［販売］
振替00180-0-164137　http://www.kosaido-pub.co.jp

印刷所・製本所
株式会社 廣済堂

ISBN978-4-331-61636-9　C0193